EL DUQUE DE MEDINA SIDONIA
Y SU PRIMA AMANTE

Mario Jaramillo

EL DUQUE DE MEDINA SIDONIA Y SU PRIMA AMANTE

(NOVELA BASADA EN HECHOS REALES)

ESPUELA DE PLATA
SEVILLA • MMXXV

www.editorialrenacimiento.com
BUGANVILLA, 1 • 41907 VALENCINA DE LA CONCEPCIÓN (SEVILLA)
tel.: (+34) 955998232 • editorial@editorialrenacimiento.com

Diseño de cubierta: Equipo Renacimiento
Imagen de cubierta: Patricia Romero Pérez

DEPÓSITO LEGAL: SE 2321-2025 • ISBN: 978-84-19877-65-9
Impreso en España • Printed in Spain

«El amor es un nudo en el que se atan,
indisolublemente, destino y libertad».

Octavio Paz (1914-1998)

Busca muger de talla, de cabeça pequeña,
cabellos amarillos, no sean de alheña;
las çejas apartadas, luengas, altas, en peña;
anchetas de caderas, ésta es talla de dueña.

Ojos grandes, someros, pintados, reluzientes,
e de lenguas pestañas, bien claras, paresçientes;
las orejas pequeñas, delgadas, páral mientes
si ha de cuello alto, atal quieren las gentes.

La nariz afilada, los dientes menudillos,
eguales, e bien blancos, poquillos apartadillos;
las enzías bermejas, los dientes agudillos;
los labros de la boca bermejos, angostillos.

La su boca pequeña, así de buena guisa;
la su faz sea blanca, sin pelos, clara e lisa;
puna de aver muger que la veas sin camisa,
que la talla del cuerpo te dirá: «Esto aguisa».

Arcipreste de Hita 1284 (?)-1351 (?)

ÁRBOL GENEALÓGICO DE LOS GUZMÁN

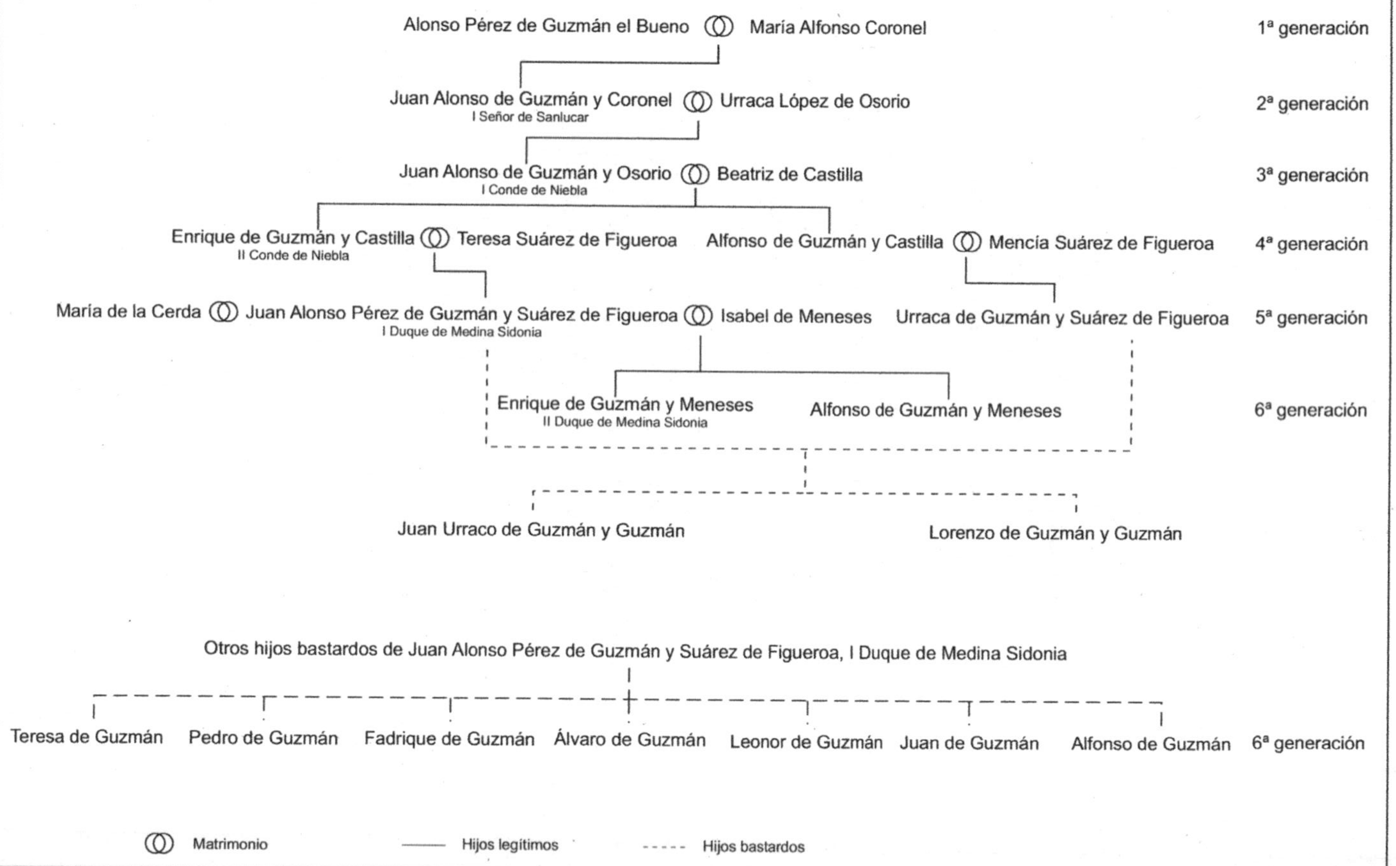

¿QUIÉN ES ESTA GENTE?

Urraca de Guzmán

Con frecuencia usaba el hiyab satinado, que los cristianos más creyentes llamaban toca, otros velo, de color negro y marrón. Solía abandonarlo cuando aparecía su primo Juan de Guzmán y Suárez de Figueroa. Entonces, por decisión suya, se cubría con el cobijado, un manto negro y largo reservado a las mujeres nobles que recubría el cuerpo desde la cabeza hasta los pies, hechura del sastre. Solo quedaba al descubierto su ojo izquierdo, aceitunado, con el que observaba a su amante, con mirada neutra y un parpadeo que parecía una ola de mar cuando, ya cansada, llega a morir en la orilla de la playa. Era parte del rito ardiente, casi religioso, que antecedía al desnudo, provocado por Juan, que desvestía a Urraca como si anticipara en mente eróticas locuras de pasión.

El hiyab no ocultaba su fe cristiana que la arropaba en horas de temor cuando pedía perdón por sus pecados de carne, aunque convivía fácilmente con ellos y los disfrutaba sin queja ni remordimiento. Cuando el cobijado quedaba extendido en el suelo, donde se dejaban rastrear las enaguas de tafetán de lino, Urraca no solo enseñaba una desnudez hermosa, sino un cuchillo de emociones en el pecho.

Juan advertía en Urruca un cambio de temperamento cuando lo recibía con el hiyab. Sus ojos, bajo una cejas marrones y gruesas y un entreabrir de pestañas crespas, asomaban inmóviles y parecían jugar con la expresión de su boca, un dibujo de severidad infinita, pero capaz de simular una perfecta serenidad. Sus labios, una definición del paso incesante de palabras, se movían al ritmo del parpadeo y dejaban ver unos dientes limpios, que apretaba para recuperar el aliento y volver con el verbo tonificado. Cuando se le acababan las palabras castellanas, olía a frío y el helaje era el sabor de sus aposentos. No le temblaba la boca y, sin interrumpirse, reclamaba continuidad en el árabe, con la naturalidad de un nazarí, como si así reventara su insatisfacción contra los oídos de Juan. Con el cambio de lengua el hombre se enfurecía aún más. Y aunque algo le entendía, pensaba que el árabe le servía a Urraca para burlarse de él con finura intraducible.

Su nariz, un triángulo fino y perfecto, carecía del semblante corvo que poseían muchas de las mujeres judeoconversas que habitaban a los alrededores. Su rostro ovalado perseveraba el arquetipo de las mujeres Guzmanes.

Tras el hiyab, un pelo crespo y rubio, de larga trenza, caía hasta los hombros cuadrados, desde donde comenzaba la geometría arquitectónica de un cuerpo blanco y delgado y unas piernas ligeramente arqueadas que no ocultaban su pasión por la monta a caballo.

La dureza de su temperamento, cuando reprochaba conductas, la llevaba en ocasiones a la exasperación. Era capaz de expresar las peores maldiciones. Su voz grave corría sin recovecos y administraba una tonalidad sosegada, pero cargada de irónicos pareceres. Su forma de hablar era un homenaje a la pulcritud de una sorna que lanzaba flechas rapidísimas de infalible puntería. No había persona alguna en muchas leguas a la redonda que le disputara lugar a su soberbia mordacidad. Mataba lentamente con el verbo, con el castellano y con el árabe, si fuese necesario, y con esa fría cólera encubierta en su manera de hablar.

Urraca de Guzmán y Suárez de Figueroa fue la madre de Juan Urraco de Guzmán y Lorenzo de Guzmán.

Abla

Abla fue siempre la mujer de confianza de Urraca de Guzmán desde muy temprana edad. Mora cautiva, musulmana creyente, con su forma de ser parecía la escudera de su señora. Su pelo casi negro, que solo cubría cuando visitaba a gente de su tierra, acompañaba la tonalidad de su piel tostada. Tenía unos labios gruesos, vivos, que torneaban sus palabras cuando salían en árabe y castellano. No vestía llamativamente y le gustaba heredar prendas discretas de Urraca. Guardaba los secretos y condenaba a los hombres que hacían sufrir a los cautivos fueran musulmanes o cristianos. Antes del mediodía, había hecho las labores de una jornada entera. Con extrañeza cegada para lo que no fuera alegre, se dedicaba a buscarle a Urraca de Guzmán distracciones redentoras. Con el paso de los años, se convirtió en una mujer con aptitudes para la doma y le ayudaba a Urraca a trajinar con los caballos.

Elvira de Guzmán

De belleza inocente, su largo cabello rubio y crespo lucía siempre al descubierto. Llevaba impreso en toda su construcción carnal el sello de los Guzmanes. Era, irrevocablemente, una mujer del linaje. Una Guzmana.

Nunca ocultaba su divinidad natural y solía vestirse con costosos y abultados trajes. Entre sus dedos campeaban dos sortijas de diamantes que iluminaban sus finas manos, regalo de Juan de Guzmán, su amante y lejano primo. Su andar era parsimonioso y dulce, de pasos largos y nalgas elevadas. Sus ojos, marrones y brillantes, y poseía un grueso labio inferior que parecía morder el aire.

Sus gestos eran esquivos y sus parloteos marcaban el hablar andalusí. Su carácter era inofensivo y cariñoso. Jamás discutía con Juan y buscaba siempre la penumbra para atraerlo. Entre almohadas, recomponía su cuerpo y se ofrecía como una alegoría al deseo. «Cabalgáis sobre una cabra», le decía su amante Juan de Guzmán. Llevaba el cuello en alto y su espalda era un tablón recto y firme, como si no cargara los problemas de la vida. Jamás se sofocaba y su gracia tenía la grandilocuencia descubierta de un moro del Estrecho. Le gustaba que Juan llegara a su aposento a la media noche y le acariciara el torso, mientras simulaba dormir.

De senos pequeños, se transformaban en amplio busto por su derechura.

Elvira de Guzmán era hija de Álvar Pérez de Guzmán, señor de Orgaz. Fue la madre de Teresa de Guzmán.

Isabel de Meneses

Parecía pertenecer a la galería imperial de los egipcios. Aunque se decía que era una hidalga, hija de un molinero portugués, sus rasgos naturales indicaban que por sus venas corría sangre mora o mulata. Su amante Juan de Guzmán la llamaba la *niña morena*. Pelo negro, con caída en delgados rizos, ojos también negros, nariz pequeña y agraciada, de labios gruesos, llevaba al cuello un collar que se recostaba al final sobre un busto a medio cubrir. Vestía con ligereza. Se adornaba de trajes tejidos con hilo de oro. Pequeña de cuerpo, su andar se escuchaba por toda la casa. No cubría la belleza de su rostro, sino saludaba con él, cada mañana, para ordenar el día. Su asidero carnal era la seducción indómita y la persecución inatajable de sus deseos.

Alejaba a Juan de Guzmán con frases cortantes y directas, pero siempre volvía a ella porque pesaban sobre él las ansias de una mujer que lo recibía de nuevo con cara bonita y actitud comprensiva. La satisfacción plena de Juan consistía en pensar en Isabel e imaginarla a ella como una mujer hermosa, con diademas en la frente, y ausente a un mismo tiempo, que no admitía el ridículo en su relación sentimental. Enceguecía a Juan con el azar de los encuentros y el abrazo de felicidad que ella le daba sin llegar jamás a desairarlo en el catre. Isabel parecía codearse con algún rito clandestino donde la palabra amor también era clandestina. Reía a menudo y bromeaba con carcajadas imprevisibles y repentinas y luego callaba para escuchar las cuitas de Juan. Le gustaba que le besara los senos y le acariciara la entrepierna. El patrimonio sexual es cosa de moras, decían las mujeres cristianas. Entre el ardor que los hacía temblar, como preludio a dos muertes tempestivas, Isabel culminaba el acto, completamente quieta, primero con palabras de silencio y después con palabras de ánimo para el amante atormentado y con unas joviales frases empapadas en árabe, memoria de su memoria.

Fue la madre de Enrique y Alfonso de Guzmán y Meneses.

Beatriz

Beatriz, la hija del Mudo, alcaide de Sanlúcar de Barrameda y Vejer, conocido con ese mote porque no paraba de hablar de corrido, era una mujer que tenía un pelo tan brillante y liso que solía enseñarlo orgullosamente. Pero solo mostraba el capul, mientras el resto de su cabeza estaba cubierto por un hiyab de tela gruesa y colores rojizos. Esa manera de portarlo encantaba a los hombres y Juan de Guzmán no fue la excepción desde que lo atrajo la primera vez cuando fue de visita a la casa del alcaide.

Ojos marrones, nariz recta y labios a medio sonreír, se sabía bonita. Pero era una hembra simplona, de escasa inteligencia, dueña de un feroz instinto para congraciarse con el sexo masculino. Alta y ligeramente morena, con una piel que en ocasiones pasaba a tonos más claros, era la hija favorita de su padre, un hombre altisonante, que hacía bien el trabajo de alcaide que le imponía Juan. Jugaba a pertenecer alguna vez a la casa de Guzmán, si lograba casarla con Juan, pero el conde jamás la imaginaba en sus planes, aunque no lo decía. Era la manera de tenerla cerca, especialmente cuando salía de campaña, adonde solía acompañarlo. Era su lecho de guerra y viajaba con él de incógnita, bajo el cuidado de algún hidalgo de confianza, celestino de su pasión guerrera.

En su baúl llevaba ropa masculina y una ballesta, regalo de Juan, con la que ponía en fuga a los moriscos que se acercaban peligrosamente a su amante. Más de una vida se cobró y, cuando regresaba a casa, solía enseñarle a su padre las cabezas abatidas, como si fueran trofeos debidos a su sagaz puntería. El padre, orgulloso, corría a casa de Guzmán y le narraba largas historias de Beatriz en los campos de batalla que terminaban por dormir al conde, que se las sabía de memoria porque él mismo las había vivido junto a ella. «Es una mujer varonil», repetía el alcaide. Su sagacidad con la ballesta era la misma sagacidad con que disimulaba su escaso brillo. Era cruel, sin genio, pero sabía morderse los labios para atraer a Juan y holgar con él. Se emborrachaba con Guzmán, y eso a él le gustaba, y muchas veces le llevaba la delantera con el vino que bebían hasta el amanecer. Nunca le quedó inteligencia para darse cuenta de que Juan solo la buscaba para amortiguar su deriva sexual y conservar la lealtad de su padre, hombre dubitativo cuando las cosas no iban del todo bien. Lo tenía a su lado como la mejor carta en el juego de intereses de Sanlúcar y Vejer, aunque poco le importaban a Beatriz las movidas de los vasallos menos sumisos. La villa era un armazón de intereses que se movían en torno a su puerto, sus carabelas y galeones, su casa de contratación y el comercio con puertos italianos.

Beatriz fue la madre de Pedro de Guzmán, el del Lunar.

Fatma

Sus ojos grandes y negros revoloteaban en un rostro redondo y moreno. Nariz y labios pequeños, hoyuelos en sus mejillas y un mentón de gracia morisca. Su pelo, también negro y al final enrollado en sutiles crespos, caía hasta los límites de su crecido busto, cuya colosal forma se escondía secretamente tras un vestido de lino hasta los pies, con un amplio lazo en la cintura que exageraba su cadera.

Convertida al cristianismo, su madre, que había sido capturada por el conde, buscaba la manera de evitar en ella todo vestigio musulmán. Desde pequeña, la llevaba a la ermita y le enseñaba los evangelios. Jamás usó hiyab ni nada que se pareciese. La finura de sus dedos solía reposar en el arpa, que interpretaba para Juan de Guzmán mientras ella sonreía y era parte del rito que preludiaba su entrega carnal. Su voz se desgajaba en un torrente de melodías, compuestas por ella misma, que cantaba en castellano.

A los quince años, quedó embarazada y fue la madre de Fadrique de Guzmán.

Juan de Guzmán y Suárez de Figueroa

Decían que Juan de Guzmán y Suárez de Figueroa era el calco de su antepasado Guzmán el Bueno en su físico y en sus maneras, que eran sabidas a través de la leyenda familiar. Corpulento, rubio ensortijado, de rostro cuadrado, de niño parecía niña por sus rasgos preciosos y su marcada tez rosa. Cuando creció, su barba se apoderó de él y ocupaba una buena parte del rostro. Sus manos eran enormes y decían que era capaz de combatir con dos mandobles a la vez, cuyo peso sostenía sin dificultad entre unos brazos musculosos y morenos de sol.

Era un hombre de ímpetus inabarcables. Incesante en sus afanes. Dignificaba la inmediatez y criticaba la lentitud humana, a la que calificaba como un defecto de nacimiento. Más silencioso que hablador, solía salirse fuera de sí cuando algo le disgustaba. Si algo no funcionaba como quería, se ofuscaba, pero retomaba la calma pocos instantes después. Nada lo agotaba, salvo el sueño, que lo ponía a dormir más horas de lo normal.

Su altivez, propia de su estirpe, llevaba la mirada hasta la humillación. Hablaba con inteligencia por esos ojos grises que de niño fueron azules. Impaciente, caminaba de prisa, con aires envalentonados y solía ser distante y antipático con los demás. Con los prisioneros, en cambio, era generoso y se los ganaba con frases dulzonas de consuelo. Tenía un sentido de la libertad con los hombres en la batalla que contrastaba con su querencia guerrera. Se le hacía insoportable tener cautivos en sus tierras y prefería negociarlos a cambio de unas buenas doblas. Bebedor de vino, dedicaba especial cuidado a sus inmensos viñedos, que daban para sí y para vender con buena ganancia. Sus casas debían tener vistas sobre el horizonte, fuera de tierra, fuera de agua. Las balconadas eran sus lugares favoritos para controlar las propiedades y respirar con seguridad. Tenía noción clara del linaje y de la necesidad de acrecentar su riqueza. No perdía tiempo y empujaba a sus semejantes hasta lograr lo que pretendía.

A ninguna mujer le resultaba indiferente. Los clamores femeninos giraban en torno de él.

Juan Urraco de Guzmán y Guzmán

Hijo bastardo de Juan de Guzmán y Suárez de Figueroa y de Urraca de Guzmán y Suárez de Figueroa, desde pequeño fue una persona amable y cariñosa, ajena a los conflictos y a las discusiones. Sufría mucho con los altercados entre sus padres. De joven, fue rebelde contra las imposiciones de sus genitores, que desobedecía como regla de vida. Trababa amistades con enorme facilidad y sus amigos se disputaban su compañía por su natural inclinación a escuchar sus problemas y dar consejos sabios, salpicados de un humor sarcástico. El sarcasmo lo heredó de su madre, y el humor de su abuela, Mencía Suárez de Figueroa.

No era alto, pero tenía una delgadez que le elevaba la estatura. Su rostro conjugaba la hermosura de sus padres. Tenía rasgos definidos de ambos. De niño fue rubio y luego su enorme cabellera adquirió el color de los castaños. Gustaba a un mismo tiempo de la soledad y la algarabía, estados que intercambiaba a lo largo de una jornada. Hombre paciente y discreto, rara vez enfurecía.

De la vida guerrera, le gustaba especialmente el peligro de los caminos y las emboscadas de los enemigos. Buscaba la temeridad. Aunque estuviera en combate junto a su padre, pasaba las noches sin despertar, en un sueño profundo, que se alargaba hasta cuando su padre lo obligaba a levantarse. Y al igual que él, buscaba mujeres de notable belleza, pero se cuidaba de no embarazarlas. Se inclinaba por las que pertenecían al estado llano y le molestaban las nobles por su escaso sentido de la vida profunda. A todas solía tratarlas con dignidad y las respetaba sin excusas, salvo que hubiera una traición, que jamás perdonaba.

Le gustaba el toreo a caballo, como a sus padres, pero tenía poca afición por los torneos y los juegos de cañas.

Poseedor de una memoria fantástica, conocía la historia familiar mejor que nadie y podía dar cuenta de cada uno de sus antepasados y de los hombres y mujeres de su tiempo. Era una persona que preguntaba. Buscaba tener, siempre y cerca, cerveza de abadía y se caracterizaba por ser un gran comelón, aunque jamás engordaba. En las batallas, dominaba el mandoble, pero buscaba no herir de muerte, sino prefería entregar los enemigos a su padre como cautivos. No tenía demasiada pasión por las armas ni mostraba mayor interés por la administración de las tierras. Solía conversar a menudo con los vasallos y con los pecheros con quienes llegaba a sentirse como igual. Según cuentan, era muy parecido a su antepasado Juan Alonso de Guzmán, hombre distante de los reyes, que fue rubio, blanco de piel y bien parecido, y a quien se le reprochaba la costumbre de tratar a todos sin distingo alguno. Era buen amigo de sus hermanos –en especial de Enrique–, a quienes divertía con la sorna de sus frases. Carecía de cualquier género de envidia y emulación. La vida tranquila parecía ser su misión terrenal. Pero se cuidaba de asegurar su futuro con un baúl de doblas que tenía en su habitación. No despilfarraba un maravedí y vestía extrañamente hasta imponer su forma de trajear entre los hombres de su edad. Solían llamarlo Urraco, el hijo de Urraca, y campeaba de un lugar a otro, siempre al lado de su madre. Cuando ella estaba de mal tono, buscaba la paz en Abla, la confidente de Urraca y refugio natural de sus secretos. Cuando le preguntaban cómo se llamaba decía de corrido: «Juan Urraco de Guzmán y Guzmán y Suárez de Figueroa y Suárez de Figueroa, bastardo por los cuatro costados».

Lorenzo de Guzmán y Guzmán

Hermano de Juan Urraco, encontró el camino de su vida en la Iglesia. Llevaba el nombre de su bisabuelo Lorenzo Suárez de Figueroa. Tenía un temperamento fuerte semejante al de su madre. De posiciones extremas en las discusiones y hombre de fe desde su niñez, conocía cada detalle del papado y se alegraba cuando lograba alejar a los hombres del pecado. Era intransigente con los pecados públicos y nada tolerante con los pecados veniales. Se distraía con los rezos, en voz alta, que sus superiores acallaban continuamente. Era un buen samaritano. Le mortificaban los enamoramientos de su padre, sus amancebamientos y criticaba con dureza la bastardía. Soltaba repentinamente: «Castidad contra lujuria; sobriedad contra lascivia», como si fuera un padre de la Iglesia. Con notable sentido del humor, deleitaba a su familia y a sus amigos con imitaciones magistrales de cuantas personas lo rodeaban. Era burlón, adulador y simpático. Tenía predilección por confesar a las monjas y se admiraba cuando llevaban jubones de buen hacer. No parecía escapar al legado de los Guzmanes en su gusto por las mujeres.

Enrique de Guzmán y Meneses

Hijo de Isabel de Meneses y de Juan de Guzmán, y hermano de varios Guzmanes bastardos. Tenía la piel tostada y un cuerpo recio y alto. El pelo lacio parecía contener al sol tonalidades rojizas. Su elegante porte atraía a las mujeres, pero solía escapar a sus demandas. En ocasiones era duro con ellas; sobre todo cuando mentían.

Poseedor de una maldad natural, cuando niño era travieso, inagotable y fecundo en la palabra. A medida que pasaban los años, dejaba observar una mente inteligente, rápida y organizada. Le gustaba tener el control de la situación por muy insignificante que fuera. Vehemente, se imponía a los demás con argumentos contundentes. Su inquietud lo llevaba a escalar por los castillos, desde cuyas almenas cayó varias veces. Se rompía los huesos con extrema facilidad y se consolaba semanas enteras tumbado en la cama mientras toreaba con el verbo a cuantos se acercaban a él. Estaba hecho para la disputa. Entre sus conocidos, solucionaba los conflictos con limpia justicia y acataba las órdenes de su padre.

Pensaba cada cosa que hacía. Cuando perdía el genio, por el malestar que le producían ciertos actos y especulaciones humanas, rabiaba, pero poco tiempo después recobraba el sosiego. Era cuando se reconciliaba consigo mismo.

Le gustaban las armas y, en especial, el arco que a menudo colgaba sobre su pecho. Hombre seguro de sí mismo, no vacilaba en castigar la desobediencia y el incumplimiento de la gente que estaba a su servicio. No renunciaba a la venganza cuando el honor estaba en juego. Con sentido del linaje, siempre atendía las solicitudes de cualquier Guzmán que llegara hasta las puertas de su casa. Veía ganancias donde los demás veían riesgos. No cedía ante su propia intuición, generalmente acertada.

Dominaba el caballo, facultad innata de los Guzmanes, y apreciaba el toreo. Practicaba la doma y recorría las calles con insolencia natural y provocaba la admiración de los vecinos. Evitaba el ridículo hasta retorcerse ante cualquier asomo. Desde niño, desconcertaba su capacidad para soportar largos viajes sin ninguna queja. Cargaba con las aflicciones de sus amigos, a quienes involucraba en sus tareas con tal de que tuvieran techo y comida.

Alfonso de Guzmán y Castilla

Padre de Urraca de Guzmán y tío de Juan de Guzmán y Suárez de Figueroa. Mientras vivió su padre, tuvo los beneficios de pertenecer a la casa más poderosa de Andalucía. Su padre y su hermano lo protegían. Era ambicioso y provocador, pero carecía de seso. Se dejaba enredar con facilidad en asuntos tortuosos. Solía ser débil de salud, con quebrantos continuos. Sus facciones eran simples y su cuerpo escuálido. Hablaba a menudo de política sin llegar a entenderla del todo. Su buen humor era forzado. Huía ante el peligro y sufría vejaciones de sus enemigos. De escasa voluntad, cedía rápidamente ante las pretensiones ajenas.

Casó con Mencía Suárez de Figueroa, hermana de la mujer de su hermano Enrique. Las Suárez de Figueroa, hijas de Lorenzo Suárez de Figueroa, tenían una belleza singular, adornada por el buen vestir y el humor disparatado.

La *niña de Niebla*

Juan de Guzmán y Suárez de Figueroa, que se llevó por el camino varias doncellas sin volver a ellas, conservó por varios años a la *niña de Niebla*, como él la llamaba. Era una moza que solía ponerle trampas antes de entregarse a su pasión. Decían que era hija del herrero, cegaba el campo de su padre y vestía pobremente. Llevaba discreto escote, recubierto por una tela bordada con simpleza y una falda larga, también de tela burda, que descendía hasta cubrirle los pies, que se refugiaban en un par de chanclos, con los que combatía el lodo y la tierra desnuda. Rodeaba la cintura con un cordel amarillo de doble nudo. Su benevolente cara y sus manos trajinadas atraían al conde. Era muy blanca, de ojos verdes, pelo negro largo y cuerpo grueso.

Con ella, Juan mataba el hastío después de largas jornadas guerreras. La frecuentaba con discreción y disimulo y le acomodó en el campo una vivienda con techo de paja donde solían entretener el tiempo y donde él guardaba los mejores vinos de

Niebla. Ella atesoraba cierta mística pasional y a él le gustaba que abominara las lentejas.

Al atravesar la pequeña vivienda por la parte de atrás, se situaba un par de sillas gemelas donde ambos conversaban cada vez que él la visitaba, mientras ella le tomaba la mano con franco cariño. Urgida de besos, la *niña de Niebla* le daba extravagante satisfacción que él demandaba como si fuera un niño.

Patricia de Romero

Fue la única mujer que jamás se enamoró de Juan de Guzmán, aunque siempre le pareció el hombre más guapo que había parido la tierra. Confidente suya, era de lucha abierta y encuentros cortos.

Comprendía la naturaleza de los hombres y descifraba sus personalidades. Era su talento innato. Su semblante era atractivo y vestía como princesa. A manera de guirnalda, llevaba alrededor del cuello un collar de oro. Llamaban la atención sus largos pendientes de piedras preciosas y el perfume de canela que creaba un dulcísimo aroma a su alrededor. Se movía presurosa por los salones de su casa y pasaba las horas entre cultos libros resguardados en las estanterías de madera fina. Era una lectora traviesa. Juan de Guzmán solía saber dónde encontrarla y lograba visitarla donde fuera. Le contaba sus historias y ella le aderezaba sus momentos de duda con seguras recomendaciones y le aconsejaba cómo maniobrar con acierto el poder que ostentaba. La confianza en ella carecía de límites porque parecía que arreglaba todo.

María de la Cerda

Perteneciente a la casa Medinaceli, era hija de Luis de la Cerda, tercer conde de Medinaceli. Casada con Juan de Guzmán y Suárez de Figueroa, pertenecía a un linaje que no era desconocido por los Guzmanes. Leonor, una hija de Alonso de Guzmán el Bueno, a quienes sus descendientes llamaban el abuelo, casó con Luis de la Cerda, hijo del infante Alfonso de la Cerda, apodado el Desheredado. De estirpe real, descendía de Alfonso X el sabio, rey de Castilla. Su primogénito Fernando, heredero del trono, casó con Blanca de Francia, hija de Luis IX de Francia y se le conocía como Fernando de la Cerda porque había nacido con una crin en el pecho, una cerda de enorme grosor. Cuando falleció el heredero en el campo de batalla en lucha contra los meriníes, antes de cumplir veinte años, contaba con dos hijos conocidos como los infantes de la Cerda, Alfonso y Fernando, que fueron puestos al margen de la sucesión por Alfonso X, quien optó por imponer a su otro hijo, Sancho. Los derechos de los sobrinos se fueron al traste cuando las Cortes proclamaron a Sancho como sucesor del Rey Sabio en 1278.

La víspera de la boda con Juan de Guzmán y Suárez de Figueroa, María de la Cerda le pidió que yaciera con ella, pues no soportaba los arranques de pasión. Su futuro marido comprendió rápidamente que su mujer sería un tormento de grato deleite por el resto de su vida. Tras el matrimonio, ella reclamó que no la desnudara, sino provocara un desgarrón en su ropa. La pérdida de la virginidad se consumió bruscamente, mientras le pedía a su marido que le mordiera las carnes.

Era una mujer delgada, con el color del trigo en sus ojos y pelo ligeramente claro, que descendía hasta la media cintura. Cara redonda y labios gruesos, su busto era pequeño y elevado. Sus piernas eran notorias y solía estar desnuda en su aposento, hiciera calor o frío. Echaba mano de los braseros durante el invierno para recalentar su cuerpo. En ocasiones vestía su torso con aljubas. Se decía que bebía pócimas para deleitar sus afanes carnales y la base de su geometría anatómica era la pisada leve de sus pies sobre el suelo. Cuando salía a la calle, solía estar acompañada por una doncella, siempre diferente, que se encargaba de llevarle un manto y una pieza de lana para arrodillarse en las iglesias. Era una mujer extremadamente elegante, que no cansaba la vista de los hombres, a quienes atraía con tenues avisos de su profunda mirada. Era triunfal en el tálamo y divina en la categoría de mujeres hermosas. Orgullosa de pertenecer a la casa de Medinaceli, era indócil ante el porvenir.

SOBRE el cadáver aún caliente de María de la Cerda, escupieron tres mujeres vestidas de negro. La saliva se esparció sobre su cara, rodó hasta sus senos y algunas gotas impregnaron el catafalco. El brocado humedeció y transmutó el brillo del oro y plata en un viso opaco y salubre. Un hombre encorvado las apartó, mientras ellas se daban la bendición entre sí. Eran las exequias de una mujer harta de pasión, cuya vida adúltera había cambiado la historia íntima de Andalucía. En Huelva dijeron que las campanas rechinaron porque ella no había cumplido las funciones de dama casada.

Quiso que la sepultaran con el brocado que le había regalado en dote su esposo Juan de Guzmán y Suárez de Figueroa, primer duque de Medina Sidonia. Le recordaba la única vez que el duque le rasgó el vestido antes de yacer en ella cuando él era el conde de Niebla. Un uso que ella jamás perdió y reclamaba a todos sus amantes. Era la manera de volver a estar con él.

Todo esto, sin pudor, lo contó Urraca de Guzmán y Suárez de Figueroa a sus dos hijos, Juan y Lorenzo, aquella noche de noviembre de 1468 después de que murió el duque en una cama yerta en la casa principal de Sevilla, ubicada en la collación de San Miguel, en la calle de las Armas. Urraca vivía en la misma colación, en la casa de los Azulejos, regalo del duque.

Urraca era prima hermana del duque por todos los costados. Caudales de sangres mellizas que corrían por sus venas en una aventura permanente de peligro en peligro, de parapetarse uno sobre el otro, uno contra otro. Urraca estaba hecha de ansiedad perpetua.

El parentesco, que entre los Guzmanes se mecía entre la advertencia y ese intervalo de tiempo infinito que colman las dispensas de la Iglesia, era en provecho de la perpetuidad, esa charlatana furiosa de vocación desagradecida.

Sus mujeres eran rubias e invariablemente llevaban el pelo rizado, parecidas entre ellas por los cruces familiares, pero con almas tan disimiles como el oro y la quincalla. Cada Guzmana era un pertrecho de emociones impávidas.

Me llamo Urraca. Me dicen doña Urraca. Pero mi primo me conoce como Urraca Micaela y no sé por qué. Tal vez por su arrojo y su afán de dar un paso adelante, como si las batallas no se ganaran de otra manera. Quizás porque miles de doblas se gastaban en las reconquistas y había que recuperarlas. Por eso mandaban. «Estas son las mandas que yo mando», dicen los testamentos.

Es mucho lo que tendría que contaros. Son muchos años de lucha. Y respiro hondo, como si los recuerdos fueran un suspiro de mi intemperie. Yo moriré. Pero vos, Juan Urraco, hijo mío, viviréis más que yo y tenéis el seso claro, arriba de esos parpados de donde sale un par de ojos claros que todo lo han visto. En vuestra sangre se detienen el peso de las horas, el paso arrugado de las escenas sonantes, el apresuramiento del amor.

Os dejo a vos la palabra para que ella pasee sin nervio por el reflejo iluminado de ese ritmo lento, entreabierto a la opacidad del relato que nadie ha querido contar por pérfido murmuro y desencanto de los héroes.

SEVILLA

Me llamo Juan Urraco de Guzmán y Guzmán. Pero todos me conocen como Juan Urraco o Urraco, el hijo de Urraca. Conozco bien las historias de mi tierra. Empiezo por María de la Cerda, principio de la confidencia. Era alta y fascinaba a los hombres. Era como un espejo de irrealidad porque tenía una esbeltez difusa, inaprensible, a imitación de sombras impalpables. Su nebulosa ambigüedad atrajo a mi padre desde cuando mi abuelo, Enrique Pérez de Guzmán y Castilla, concertó su infeliz matrimonio. Fue en el Puerto de Santa María a donde mi abuelo acudió una tarde lúcida a una cita solemne con Luis de la Cerda, el conde de Medinaceli, un hombretón gordo y antipático, con viva retranca. Se entrevistaron, bebieron vino y el conde ofreció en dote y ajuar para la boda de su hija, la temible María, treinta mil florines de oro y el señorío de Huelva. Cuando mi abuelo se despedía, el dueño del Puerto echó mano del oculto interés que trajinaba en su cabeza: «Si María y Juan no tuvieran hijos, el señorío retornará a la Casa de Medinaceli». Mi abuelo consintió, a sabiendas de que habría herederos porque los Guzmanes no sabían dormir a pierna suelta.

Si no recuerdo mal, el matrimonio se celebró en 1434. Mi padre tenía 24 años. La noche de bodas fue un fragmento impetuoso de licencias que hicieron las delicias de María, un temporal de geometrías táctiles. Eso me lo contó él después de beber media frasca de vino tras la toma de Gibraltar. Pero de eso hablaré más adelante. De una forma burda, puedo afirmar que María hacía del camisón el enigma de una veleidad huidiza, un ademán de su oblicuo parecer.

Era el desgarro de su ropa que atravesaba los oídos de la servidumbre con infalible determinación. Era una mujer acorralada por mi padre, sin plazos, sin interrupciones, espléndidamente. No había amores, sino pormenores, pero a ninguno importaba. Los deleites ocupaban el tiempo y las exigencias mutuas hacían milagroso el oficio de cohabitar. Dos horas al anochecer, dos horas al amanecer. La luna de acero sustituía el mandoble de acero, como las ansias de oro sustituían el oro.

Mientras tanto, los caballeros silenciosos aguardaban ruidos a la puesta de sol. La fogosidad no concluyó en embarazos y, en cambio, mi padre notaba que María huía en ocasiones del hogar en Sanlúcar. Ciertos rumores anónimos le llegaban de vez en cuando. Parecía que su mujer improvisaba salidas para encontrarse con algunos hombres. Nunca pudo comprobarlo a pesar de que dio la orden de seguirla cuando abandonara la casa. Era una mujer errante y astuta, de implacable encanto. Mi padre, al principio, sin poder resolver el enigma, se dejaba abatir por lo celos, pero no los demostraba ante ella. Le asombraba sentirlos por una mujer a la que no amaba. Él sabía que no existía felicidad, aunque lo intentara.

Dos años después de la boda, el padre de mi padre, Enrique Pérez de Guzmán y Castilla, mi abuelo, murió ahogado a la edad de sesenta años en su intento de recuperar Gibraltar en la frontera del enemigo granadino. Fue una tragedia familiar, solo subsanable por el heroísmo que rodeó su muerte, un signo más de la valentía de los Guzmanes.

El episodio es como sigue. Sin demandar auxilio real ni solicitar ayuda alguna, organizó por su cuenta y riesgo en Sanlúcar de Barrameda una expedición de más de tres mil hombres, boquiabiertos ante su postura. El segundo conde de Niebla, animoso, desembarcó en la playa, malamente estrecha, y los moros hostigaron durante largo rato, con el conocimiento del mar a su favor. Cuando subió la marea, se complicó la retirada y mi abuelo no tuvo más remedio que subirse a una barca. A lo lejos observó que su caballero y criado se esforzaba por no morir abrazado por el agua. Trató de rescatarlo y, en su afán de sobrevivir, cincuenta hombres suyos quisieron subir a la barca, que no aguantó el peso ni la inclinación de la pequeña nave. Se hundió en cuestión de pocos momentos, en medio de la gritería de los peones, mientras su hijo Juan, mi padre, observaba impedido el hundimiento desde la orilla. Levantó el cerco por tierra y salió de allí, derrotado y huérfano.

No tuvo manera de recuperar el cuerpo porque los granadinos se quedaron con él y de inmediato lo metieron en un catafalco que subieron a las almenas de una torre para darles terror a los enemigos cristianos. Fue exhibido como trofeo por largo tiempo y cuentan que una vez el desaforado viento tumbó el ataúd y los restos del conde se esparcieron por los alrededores como semillas de venganza.

No sé si esto es cierto porque mi padre no lo vio, pero la gloria fue un estruendo mayúsculo entre lágrimas secas y dolor retorcido. El rey Juan II sintió pesar ante el siniestro y dio el título de conde de Niebla a mi padre, que venía de tiempo atrás, un merecido legado que había ostentado el héroe de Gibraltar, Enrique Pérez de Guzmán y Castilla. Pero la amargura no quedó al margen de nuestras vidas. Gibraltar nos rehuía por segunda vez y había causado la primera muerte en 1309: la del abuelo. La de Guzmán el Bueno, el único abuelo que tenemos y ya os diré por qué.

Mi padre se convirtió así en el tercer conde de Niebla, como he dicho, y heredó el mayorazgo, una fortuna sembrada por mis antepasados, cuyas tierras fértiles y aguas ricas no se podían ver sino desde las crestas de las villas hasta perderse en horizontes infinitos. Solo podía contemplarse a sí misma. María era la mujer del conde que aseguraba así una vida de lujos y latidos de loca. Euforia pura. Mi padre le agradecía su cuerpo joven, plácido y a la vez caliente, inseparable del deseo.

Sin tregua, durante seis años la cubrió como un semental equino. Y, en efecto, la infelicidad se alargaba aún más porque no lograba tener hijos. La resignación no era lo suyo porque estaba en juego la prolongación del linaje. La obsesión era su pilar de carne. La nada era una parquedad hablante. Él mismo, peregrino de una condición inadmisible, cabalgaba por Sevilla en busca de una mujer a la que pudiera hacerle visitas clandestinas y abultarle el vientre.

Pero tenía que ser hermosa, de buena sangre y cabeza firme. Una brújula del amor secreto. Fue cuando, entre centenares de doncellas, apareció Isabel de Meneses, cuyo padre trabajaba en un molino de olivas de los Guzmanes, cerca de Niebla. Se decía que era un hidalgo portugués, acusado de sordera, pero capaz de obtener aceite con un timbre excepcional. Su hija Isabel vivía con su madre, una mujer humilde, en una casa que miraba a Triana desde los balcones. A mi padre le impresionaban los cromos de su piel y su marca mora. No los de los balcones, sino la de María. Hacía el favor de caminar con paso penetrante, con sus pies cubiertos por escarpines, y descifrar las pruebas de una belleza implorante. Sus vestidos, tejidos de oro, se mecían con las brisas sevillanas, una legión de aires rarísimos.

La seducción era un don natural de mi padre. No se precipitaba, sino esperaba casi teológicamente. La llevaba a una vereda a orillas del Guadalquivir donde ella, en un recodo, se descalzaba de sus sandalias y mojaba sus tobillos. Los tobillos son fisuras por donde entra el amor. Una noche desaforada, como si se tratara de una puñalada traviesa, dejó embarazada a Isabel. Cuando se enteró lo primero que hizo fue darle una casa cerca de la de los Guzmanes y después pedir perdón a Dios por el adulterio. Pagó el perdón con un monasterio jerónimo, el monasterio de Santa María, con monjes llegados de Santiponce. En 1441, si no me falla el seso, nació su hijo Enrique, bautizado así como homenaje a mi abuelo.

He cometido el error de mencionar la palabra abuelo. Creo que por segunda o tercera vez. Entre los Guzmanes es casi una herejía El único abuelo que existe en la familia es Alonso Pérez de Guzmán el Bueno y la única abuela, su mujer, María Coronel. Ambos son de tiempos antiquísimos y fundadores de la estirpe de los Guzmanes. Sus sucesores por muy abuelos que fueran nunca fueron llamados abuelos. El orden inferior no puede subvertir el orden superior. Con grato alivio, no incurriré más en ese exceso que de otro modo, en otro linaje, sería lo correcto.

María de la Cerda se enteró del adulterio y del hijo bastardo que le daba Isabel a su marido. Tomó la decisión de buscarla y conocerla y enterarse de cómo vivía. Sabía que Isabel, que estaba con su madre, era devota en una iglesia cercana y fue hasta allí y esperó a que saliera. Luego la siguió hasta la casa y se adentró en ella. Cuando la tuvo frente a frente le dijo: «Acordándome que el conde, mi señor, suele venir muchas veces de día y de noche a holgar, quise entrar a ver los refrigerios que acá le tenéis con que tan continuamente lo hacéis venir. Por tanto, mostradme la casa y la cama». Isabel y su madre se las enseñaron. Al ver la cama, María de la Cerda expresó, molesta: «¿Cómo y en lecho tan pobre y ropa de tan poca calidad se ha de echar el conde, mi señor? Nunca Dios quiera que donde él esté no sea tratado como quien es». Después mandó traer una cama nueva con tela de oro, tapicería vistosa, un aparador de plata, candeleros de plata, velas de cera, ricas alfombras y cojines de brocado. Tras la entrega, le dijo: «Por amor a Dios tratéis al conde, mi señor, con mucho regalo y todo lo que fuere menester para su servicio enviádmelo a mí a pedir, que yo lo daré». Le dejó una bolsa con dinero y se marchó. Cuando Juan de Guzmán llegó a la casa de Isabel al día siguiente, ella le contó lo sucedido, mientras él, con digna vergüenza, observaba los cambios hechos por su mujer. «Aquí no debo holgar», dijo mi padre antes de marcharse. Volvió con su esposa a intervalos de tiempo hasta que la abandonó de nuevo y regresó con Isabel en una noche de desvelo carnal, cuando fueron iluminados por las velas que rodeaban la cama.

María decidió alegrar la soledad que le sobrevino ante el recodo sevillano que torcía a su marido. No fue por venganza, ni mucho menos, sino por un simple cumplido de libre satisfacción que se dio abiertamente a los placeres de la carne. «Se acabó el juego a las escondidas», dicen que dijo con voz de loca en unas fiestas de Sanlúcar. La perplejidad ante la sonora frase dio paso a las angustias de la villa por lo que podría hacerle mi padre.

La primera reacción suya fue embarazar de nuevo a Isabel, cuyo segundo hijo bastardo, Alfonso, nació al año siguiente. Y su segunda reacción fue poner al descubierto las pasiones de su mujer. Como las conjeturas debían probarse, encargó a sus hombres de confianza guerrera investigar los laberintos de un probable adulterio. Mientras tanto, la Molinera, como mi madre llama a Isabel de Meneses, se convirtió en piedra que no habla y se dedicó a buscar encuentros fortuitos para deleitar a su amante sin llegar a defraudarlo. Era su íntima convicción: la panoplia de su sangre voraz.

Mi padre le tenía ganas a Medina Sidonia desde tiempo atrás y creía que la villa sería un lugar de comercio y movimientos de gentes porque era sede de aduana. La obtuvo mediante un trueque. Era un lugar por donde pasaban mercaderías hacia la tierra de los moros. Pero la realidad también le reclamaba lealtad con el pasado. La plaza había sido del abuelo, sí, de Guzmán el Bueno, que la había recibido a cambio de un préstamo hecho a la reina

María, madre del rey Fernando IV. Entonces Medina Sidonia era más conocida por el nombre de la Albuhera. El trueque de mi padre consistió en intercambiar con su pariente y maestre de Calatrava, Luis de Guzmán, La Algaba por Medina Sidonia.

Digo esto porque el trueque maravilló a María. De allí salían venados para el bosque que su marido tenía en Sanlúcar. La entretenían a ella, mientras bebía manzanilla, imbuida en quién sabe qué pensamientos impuros. Siempre los mejores animales forcejeaban entre sí para quedarse con la hembra más fresca.

A mi padre, además, Medina Sidonia le resultaba grata por esa lejanía desde donde avistaba los toros para la lidia, como figurillas al vuelo que luego eran corridas por él en las lentas tardes del verano, en las lentas juergas y algazaras de vino y sangre.

Después acaecieron hechos terribles entre los Guzmanes. Era el año de 1443, imborrable de mi memoria. Las Andalucías estaban divididas entre los partidarios de los infantes de Aragón –Alfonso, Juan y Enrique– y los seguidores del rey Juan II. Los infantes, ambiciosos al extremo, querían controlar todos los territorios posibles y el rey pretendía evitarlo. Mi padre se inclinaba por el monarca, un hombre de escasas luces, y su tío Alfonso se dejaba llevar por la palabrería mágica de los aragoneses. Ninguno de los dos se daba por vencido en sus apreciaciones y justificaciones para moverse en el bando escogido. Pero, veréis, el enfrentamiento entre los Guzmanes tenía raíces en el pasado y el pasado era toda su vida.

Cuando Enrique Pérez de Guzmán y López Osorio, primer conde de Niebla, hizo testamento, marcó en él sus preocupaciones de padre. El mayorazgo pasaría a su hijo mayor, Enrique

Pérez de Guzmán y Castilla, segundo conde de Niebla, pero no deseaba que su otro hijo, Alfonso Pérez de Guzmán y Castilla, quedara desamparado, sin bienes, a la vera de Dios. Tomó la determinación de separar del mayorazgo las villas de Lepe, Ayamonte y La Redondela, para entregarlas a su hijo Alfonso. Obtuvo la aquiescencia de su hijo Enrique, quien juró respetar el deseo de su padre y no perturbar la paz con su hermano. Jamás faltó a la promesa.

Que no haya confusión con tantos nombres. Basta decir que Alfonso Pérez de Guzmán y Castilla era el padre de mi madre y, por tanto, mi padre Juan era su sobrino. No había dejado de respirar Enrique Pérez de Guzmán y Castilla, el padre de mi padre y de su otro hijo Alfonso, cuando mi padre decidió poner en marcha sus pensamientos taimados. Lepe, Ayamonte y La Redondela, que tanto había contemplado en sueños, debían volver a su mayorazgo. Se aseguraría de poner en entredicho la decisión del viejo Enrique, el primer conde de Niebla, que había partido miserablemente las tierras. Echó a andar por todos los rincones de las Andalucías la señal de que esas villas las tenía su tío por fuera de toda ley y que la voluntad de su padre Enrique había prescrito con la muerte. Se acariciaba la barba, mientras su lengua se descolgaba por los territorios y las glándulas salivales se congratulaban por el codicioso propósito.

Su tío no cedería y por eso se jugó la suerte a favor de los infantes aragoneses, confiado en que su adhesión lo acercaba a la posesión indefinida de las villas. Los sentimientos familiares de tío y sobrino habían desaparecido. Arrumados en algún rincón oscuro de sus casas, no el tío y el sobrino, sino los sentimientos, sucedió la hostilidad recíproca, el desafuero en las palabras y la monotonía del odio. Ni siquiera el hecho de que su tío estuviera casado con una hermana de la mujer de su padre importaba en el campo de batalla. Todos los descendientes llevaban el Suárez de Figueroa en su sangre, el recuerdo del gran Gonzalo Suárez de Figueroa, cuyas hijas casaron una, Teresa, con el padre de mi padre, y la otra, Mencía, con su hermano, como he dicho. Nada, ninguna razón, ninguna emoción impediría el lance de mandobles.

MEDINA SIDONIA

Los hechos fueron turbios. No sé qué verdad se escondía tras ellos, pero la llegada del infante Enrique estuvo nublada por sombras negras, difíciles de aclarar. Llegó con pezuñas de virrey. Se lo habían hecho creer. Parece que el condestable y temible Álvaro de Luna, favorito del rey Juan II, dio a entender al infante que su pretensión sobre los territorios andaluces contaba con el beneplácito del propio monarca. Si los ganaba, le concedería el título de virrey de Andalucía. El condestable, en realidad, maniobraba para que el infante agotara hombres y fuerzas, pues veía imposible su dominio sobre los nobles andaluces más poderosos. Era una engañifa para luego desembarazarse de un infante derrotado y cansado. El hidalgo Álvaro de Luna, el hombre que más influencia tenía sobre Juan II, rey de Castilla, medía las realidades según se apoderara de ellas. Era un reptil de la política castellana, intransigente en ocasiones, que se amoldaba a cada persona con la que hablaba o transaba, aunque sus voces no eran sino tinieblas fingidas de encanto.

Antes de que llegara el infante, mi padre había hecho de las suyas. Alcanzó Lepe, la ocupó con sus hombres, pero no halló a su tío Alfonso. Incursionó a mandoble limpio, atemorizó a los habitantes y entró en la vivienda de Alfonso. En uno de los patios del fondo, bajo un olivo salvaje, sintió que algo se movía. Con la espada despejó unas ramas y un sonido hueco salió de allí. Era un espasmo de pavor. Era el grito de mi madre, su prima hermana, cuya cabeza lucía envuelta en un velo. Acurrucada, recibió la orden de ponerse de pie. La abofeteó y pidió a uno de sus caballeros que le atara las manos y los pies. La recostaron sobre un murito de piedra, a la sombra de un naranjo, mientras le preguntaba si había alguien más. Mi madre respondió que sí, que en el siguiente patio estaba escondida su madre, la tía de mi padre. Mandó otros hombres en su búsqueda. La encontraron llorando. Cuando la iban a atar, desistió del empeño. Un respeto fingido le decía que sería un agravio poco inteligente.

Supe después que mi padre, mientras observaba a mi madre, pensó en Isabel de Meneses. Mi madre le reprochó la mirada y él la recordó de niña cuando jugaban en Sevilla. No había mudado de temperamento. El orgullo era ávido y sus palabras veloces y duras como el palo de olivo que se recostaba en una esquina del patio. «Tengo cosas que hacer. Soltadme», le dijo como si nada. «Y cerrad los ojos que parecen pisarme. No puedo tener odio hacia vos porque el odio merece buen destino».

Mi padre, como enjaulado en ese patio, no dijo nada. Cuando quiso acercarse a ella, mi madre le pidió que se alejara. «El sudor es un perfume barato», dijo mi madre. «Es de pobres llevarlo. Marchaos». Él pestañeó dos veces seguidas y, estupefacto, dio la orden de que encerrasen a las dos mujeres en el castillo de Medina Sidonia en aposentos independientes. Se desvaneció como fantasma en huida y tras de sí dejó un olor a podrido.

El infante Enrique se enteró de lo sucedido por boca del padre de mi madre, partidario suyo. Se ofreció a intervenir en el penoso asunto y, luego de ocupar Calatrava cuyo maestrazgo quería entregar a un hijo bastardo de su hermano el rey de Navarra, se reunió con mi padre. Intercambiaron opiniones y lo convenció de liberar a su prima y a su tía y de devolver Lepe a su tío. El infante le dijo que no podía estar en su contra porque había ido a los territorios andaluces a aplastar a los seguidores de Álvaro de Luna, en quien los nobles de las Andalucías no confiaban. Mi padre, ingenuo, no captó que el infante tenía tratos con el condestable, aunque tampoco importaba pues el trato estaba envenenado por las bajas intenciones de Álvaro de Luna, decidido a cortarle el hocico al infante cuando quedara agotado de su viaje por el sur. Mi padre, aunque aceptó liberar a las dos mujeres, le dijo al infante que le debía lealtad al rey Juan II. Hubo reconciliación entre mi padre y el padre de mi madre, a quien por tradición familiar no puedo llamar abuelo. Tío y sobrino se dieron un abrazo, pero la gente del valle del Guadalquivir no apostaba por una buena y larga relación entre los dos Guzmanes.

Liberar a mi madre no fue nada fácil para mi padre. Fue una amarga decisión. Se había enamorado de ella, mientras la mantenía secuestrada. El desamor hacia Isabel de Meneses se había introducido en él y mi madre pasaba a sustituirla. En las puestas de sol, cuando el peligro amenazaba sobre las propiedades y las villas, mi madre era su resguardo seguro. Con dieciocho años, era una mujer portentosa de quien mi padre esperaba que alimentara sus pasiones. Al principio, apenas la visitaba en el castillo de Medina Sidonia, donde ella lo recibía con una sarta de silencios a gritos y frases que lo descolocaban. «No puedo sobrevivir en este castillo, si no me dais una doncella», le dijo en la segunda visita. «Si queréis colarte en mi aposento, poneos una pechera de acero. Mi corazón no es un velorio de rendiciones».

La doncella apareció casi al instante. Se llama Abla y es mora, cautiva de mi padre. Desde el momento en que vio a mi madre se convirtió en su confidente y debo decir que es una de mis protegidas. Ambas pasaron miedo los primeros días del secuestro, mientras la madre de mi madre había sido llevada a Lepe a la casa de un caballero, donde fue recluida.

Mi madre me contó todo. Mi padre les dijo que se cuidaran del espíritu de Blanca de Borbón, mujer de Pedro I de Castilla, a quien llamaban Pedro el Cruel. Una noche escucharon pasos cerca de los aposentos. Abla salió, recorrió parte del castillo, pero no vio ni encontró nada, aparte del par de hombres que desde fuera protegían el recinto. Cuando mi padre regresó dos días después, mi madre en llanto trató de golpearlo con una piedra redonda que había recogido del suelo. La atenazó, mientras ataba su cuerpo a una silla. Forcejearon, pero ella no logró zafarse. Abla había salido de allí, trastocada por lo que veía.

«¿No queréis ser una nueva Blanca de Borbón?», le preguntó él. Mi madre solo dijo: «Las infidelidades no son mis dolores favoritos ni vuestras pasiones son las mías». Para atemorizarla aún más le contó que Blanca había muerto a pocos pasos suyos, mandada a asesinar por Pedro el Cruel, por algunas infidelidades y también porque ella apoyó a varios nobles insurrectos contra su marido. Sin dejarse mortificar, mi madre comentó: «Esta silla es muy incómoda para cometer infidelidades». Mi padre pensó en María de la Cerda, su mujer, y agregó: «Cuidado, Urraca. No tentéis a los ballesteros porque aquí puede llegar uno como Juan Pérez de Rebolledo y envenenarte». Mi madre dijo: «No te atreváis a envenenarme porque os diré como Blanca: 'Dime, ¿qué te hecho yo?'. Y con esa carga moriréis, asesino de vuestra prima y hasta pedorro ceroso, un halago de mi parte». Mi padre exhaló con extrañeza y llamó a Abla para que la desatara, mientras él tiraba a un lado la piedra con que mi madre había querido golpearlo.

Al séptimo día, mi padre regresó al castillo. Mi madre era el alimento de sus cavilaciones. Era de madrugada. Fue al aposento de ella y la observó, mientras miraba de reojo por la ventana. Estaba recostada entre almohadones y, cuando él se aproximó, le indicó con el dedo que no lo hiciera. Pero el movimiento de su cuerpo decía otra cosa. «Debéis apurarte porque si no os la tendréis que arreglar con vuestra mujer». Él se deshizo de sus botas altas atadas adelante, se quitó el jubón, la tomó entre sus brazos, jugueteó con su coleta rubia después de quitarle el velo y se reclinó sobre ella. Ambos se alegraron, mientras ella le daba la espalda para que la acariciara. Le corría desde la nuca un hilillo de sudor tenue y en un vigoroso giro la poseyó. «Mi prima», exhaló mi padre cuando terminaron el jolgorio de húmeda lujuria y el secuestro de la debilidad en una cárcel de amor.

Esto lo he contado con vergüenza y en frente de vos, madre. Perdonadme. Y lo cuento así porque el fruto de ese cruzamiento carnal fui yo. Nací en el año de 1444, con el nombre de Juan

Urraco de Guzmán y Guzmán, hijo de primos hermanos y bastardo por añadidura. Ese día mi padre le dijo que yo llevaría su nombre porque pensaba que sería el heredero y que se casaría con ella cuando resolviera su situación con María de la Cerda. «¿Y los hijos con la Molinera? ¿Y la Molinera qué? No te hagáis más tonto de lo que parecéis». Mi madre se burló de ella: «Es una mujer de carcajadas y las nobles no reímos sino sonreímos». Mi padre le dijo: «La risa está en vuestro cuerpo; vuestra risa es suave», como si así se asegurara de que la educación de las formas era parte de honor. También él sonrió nervioso y acalló a mi madre con buenas palabras: «No aplacéis mis deseos con vos. Podéis estar segura de mi promesa. Se celebrarán alegrías por el nacimiento de Juan. Os lo digo».

VEJER DE LA FRONTERA

HABÍA terminado el encastillamiento de mi madre, cuya historia he interrumpido para narrar el episodio de mi nacimiento. Debo decir que, tras liberarla, mi padre la llevó a vivir a Sanlúcar de Barrameda a una casa que quedaba a espaldas de su alcázar. Mi madre contó de inmediato con dos esclavos traídos de Granada, tres de Berbería y uno negro, traído de África, además de Abla. Mi padre no tenía menos de doscientos cincuenta esclavos repartidos entre Vejer, Medina Sidonia, Sevilla y Sanlúcar, casi el mismo número de personas que servían directamente a sus pies.

Mandó conectar su residencia mediante un túnel que conducía sin recovecos al aposento de ella, ubicado abajo, cercano de uno de los portales y de cara al patio. Allí me parió y un año más tarde a mi hermano Lorenzo, tan bastardo como yo. O yo tan bastardo como él. A mi madre le encantan los arcones, pero el más extraño de todos es uno que ocupa un solo aposento. Dentro de él, hay decenas de perfumes y aceites con que embadurna su cuerpo y aromas que impregnan su rostro, su cuello y sus ropas.

No faltan las pomadas de grasa de cerdo para embellecer sus manos ni la cera para darle brillo a los labios. Mi madre es así. Suele llevar chapines sin escarpines, casi una provocación a la usanza. Sus chapines vienen de Valencia y maniobra con ellos como pocas mujeres lo pueden hacer por lo fácil que es perder el equilibrio. Alcanzan una altura superior a un palmo de la mano y su corcho, forrado y bordado de oro, lleva diamantes incrustados.

En fin, la paz había sido posible entre los dos Guzmanes. Por esto, mi padre permitió que su tío visitara a la hija después del armisticio entre ellos, al igual que sus hermanos y hermanas. Y ella solía acudir a Vejer donde él estaba asentado y donde tenía propiedades y varias personas a su servicio. Pasaba dos o tres días allí, acompañada de Abla, donde aprendió a caminar por las calles vestida como las lugareñas. Mi madre descendía desde lo alto de la villa, bajo las miradas pendulares de los hombres, sin saber que se trataba de la hija del señor de Lepe. En esos días de visitas cortas, un escribano de la villa le enseñó a medio leer a mi madre, por voluntad de su padre.

En los acuerdos, ante el infante Enrique, mi padre conservaba Lepe y su tío Ayamonte y La Redondela. En eso consistía la voluntad de no atacarse mutuamente, pero los dos Guzmanes, que no volvieron a verse las caras nunca más, tenían el resentimiento abierto y las espadas listas para ser desenvainadas.

Mientras tanto, el infante de Aragón lograba que Córdoba pasase a sus manos, tras dividir a la nobleza de la ciudad. Los señores de Aguilar, en cabeza de Pedro Fernández de Córdoba y defensores de Juan II, tuvieron que abandonar la villa. El poder fue asumido por parientes pertenecientes a los linajes de Baena y Montemayor, con quienes rivalizaban desde hacía años. Los señores de Baena torcieron las fuerzas locales a favor del infante. Los rebeldes decidieron aprovisionarse cuando se enteraron de que mi padre y el adelantado Per Afán de Ribera comandaban una hueste dirigida a derrotar a los seguidores del infante Enrique. Cuando llegaron al lugar impusieron castigos a los rebeldes y devolvieron la plaza al rey Juan II.

Esta historia que os cuento marcó la vida de mi padre por otra razón. Conoció allí a una mujer que sería la confidente hasta su muerte: Patricia de Romero y Sepúlveda. Hija menor de un caballero que ayudó a la recuperación de Córdoba, apareció cuando mi padre conversaba en casa de ese hidalgo con sus hombres y ponían en discusión la mejor manera de aplacar a los rebeldes. De inteligencia extraordinaria, llamó la atención inmediata de mi padre que se acercó a ella, besó su mano y dijo su nombre: «Soy Juan de Guzmán y Suárez de Figueroa, conde de Niebla». «Sé quién sois», le respondió ella mientras lo observaba con la estampa de unos grandes ojos verdes azulados, hundidos y vivaces. Mi padre se quedó inerte y ella continuó: «Sois muy dado a las mujeres, según cuentan en las Andalucías». Él no supo qué decir. Miró hacia el padre de Patricia, un hombre de porte recio, de buena cara y palabra humilde, que excusó las palabras de su hija. A ella no le importó. «Quiero que sepáis que soy mujer casada y bien avenida». Mi padre la invitó a sentarse y ella aceptó.

Luego hablaron largo rato sobre las guerras en Castilla, las divisiones entre los nobles y la insurrección en Córdoba. «Venid conmigo», le pidió ella, mientras salían a la calle. Le señaló hacia la mezquita y le dijo: «El infante Enrique caerá pronto. No tiene seso suficiente para ganar Castilla. Lo que os debe preocupar son los moros. Estáis tardando demasiado en derrotarlos de una vez por todas. ¿Cómo explicarlo? Mucha siesta y pocos huevos. Desde la conquista de Sevilla han pasado centurias. Vos, que sabéis de Gibraltar, debéis arrebatársela cuanto antes. Es la joya de la corona de los moros y arrojarlos de allí los desanimaría, los pondría boca abajo. Sería el principio que haría crujir su poder en estas tierras». Mi padre escuchaba a Patricia, mientras respiraba hondo. Días más tarde, cuando se aprestaba a abandonar Córdoba, se despidió de ella en casa del caballero Juan de Romero: «Sois mujer hermosa, una tormenta como el sol de Córdoba y me llevaría a la tumba vuestro rostro y vuestros consejos». Le tomó el mentón y le dijo». «Deseo vuestro seso y vuestra compañía a mi servicio. Sabéis que me tenéis deslumbrado».

Al regreso de Córdoba, pensó en su tío y el tiempo que restaba para volver a enfrentarlo. Pronto estallaron de nuevo las ambiciones de los dos Guzmanes. El infante aragonés, en una acción irresoluta, decidió tomar Sevilla, apoyado por el conde de Arcos, Pedro Ponce de León, rival de mi padre y miembro del linaje que más dolores de cabeza habían producido a los Guzmanes. No lo logró porque mi padre resistió el cerco, junto con hombres venidos de Extremadura y Portugal, enviados por recomendación de Álvaro de Luna. Era una canallada del infante, un sórdido despropósito, acomodado a una situación que rebeló su textura. Y lo peor es que, en su intento, había contado con el apoyo del padre de Urraca, el tío de mi padre.

Mi padre entró en mortificación. Cruzó mensajes con el rey, que le agradeció la defensa de Sevilla y, a cambio, le dio poderes para arrebatarle las villas a su tío. Sin decirle nada a mi madre, mandó a su hueste a que recuperara del todo a Lepe y tomase Ayamonte y La Redondela. Su tío se enteró de la campaña contra él y huyó hacia Ayamonte. Cuando lo alcanzaron, fue defendido por sus guerreros y apresado tras su derrota. Desorientado, lanzó improperios contra su sobrino y se quejó de que él agusanara a su hija Urraca, sin respetar la sangre doble que los unía. Los hombres de mi padre lo condujeron a Vejer donde fue encerrado en la torre, en la misma villa que él tanto conocía.

Mi madre se enteró de lo sucedido por boca de vuestro padre. Embarazada, él trató de suavizar la noticia en un día lluvioso y testarudo. Mi madre lloró, congestionada, y, cuando se calmó, le preguntó: «¿Por qué?». Caviló un momento y él respondió: «No quiero que acabéis por pensar que soy un hombre de bajezas y traiciones. Vuestro padre equivocó el bando, dirigió su nado contra Sevilla, me puso en terribles aprietos y se aprovechó de las circunstancias para engalanarse con Lepe, Ayamonte y La Redondela. Esas villas no le pertenecen. Nuestro antepasado, frágil de corazón, se excedió en generosidad, a costa de la legitimidad, al dejarle esas tierras a su hijo menor y de ahí a tu padre. ¿No lo entendéis?». Mi madre respondió, agraviada: «A fuerza de creerte a vos mismo, seré huérfana muy pronto y además tengo que pagarte con mi carne. Estoy casi lista para ser madre de un hijo vuestro y tomáis la voluntad para que nazca con la muerte de mi padre. Reposaréis solo en adelante. Alguna cadera encontraréis por ahí, pero no será la mía, que solo merece ser tocada por manos libres de sangre hermana». Mi padre la abofeteó y ella cayó al suelo, desde donde dijo: «Ni de rodillas me abriré a vos». Antes de abandonar la casa, él agregó: «Si vuestro padre muere, no será por culpa mía sino de su insensatez. A vos y a nuestros hijos dejaré las tres villas, si las ganáis sin ultrajarme».

Mi padre le negó por su estado de embarazo la posibilidad de ver a su padre en Vejer, esa villa que ella recordaba desde niña. «Nuestro hijo no podrá sobrevivir a un viaje», le dijo un día, temprano, mientras le acariciaba el rostro, menos endurecido después del último lance de palabras. Eso le agradaba porque cada despertar de mi padre jamás dejaba de ser el dulce paisaje que mi madre componía para él, bajo ese aposento de arco y piedra, indestructible como esa pasión dolorosa que los mantenía juntos.

Mi madre solía sentarse en un banco de obra de azulejos, adosado a la pared, junto a la ventana, desde donde dominaba la vista sobre mi padre exhausto, mientras ella se acomodaba largo rato sobre un almohadón.

Estaban ambos en Sanlúcar, en un día de luz y color, cuando les anunciaron que llegaba un caballero de Vejer. Contó que el padre de mi madre estaba muy enfermo y temían su muerte en cualquier momento. Casi sin escucharlo, mi madre pidió que viniera la partera de inmediato. Mientras yo nacía ese 7 de mayo de 1444, Alfonso de Guzmán y Castilla, señor de Lepe, moría preso en la torre de Vejer que está hacia Clarinas.

Había sido un hombre bueno, aunque débil de carácter y excesiva ambición. Tal vez inocente de sí mismo. Su testamento lo dijo todo. Sin resentimiento alguno, declaró heredero universal a mi padre y puso a sus cinco hijos a merced suya. Dejó un dinero a mi madre, guardado en un arcón que aún conserva en Sevilla, después de haber permanecido en Sanlúcar varios años.

Hasta el final de su vida fue uno de los Guzmanes. Encargó que se celebraran quinientas misas por el perdón de sus pecados y pidió que fuese enterrado en el monasterio de San Isidoro del Campo, donde reposan los restos de los Guzmanes desde cuando el abuelo Guzmán el Bueno y María Coronel, la abuela, decidieron su construcción como lugar de enterramiento de sus descendientes. «Allí descansan otros de mi linaje», dijo el padre de mi madre antes de morir, estrujado por un descomedido médico de Vejer. Alguien expresó después que los frailes estaban agotados de celebrar tantas misas dispuestas y trampearon los números para hacer menos sufrible el rito. «Ni el mismo Satanás habría cometido semejante atropello», expresó una rezandera que solía acudir al lugar y llevaba bien las cuentas.

Con su muerte en Vejer, las villas y las tierras aledañas de Lepe, Ayamonte y La Redondela, por fin, parecían haber encontrado la paz entre sus pretendientes. Mientras tanto, yo aprendía a caminar en los patios del alcázar viejo de Sanlúcar, donde mi padre me enseñó a entender el horizonte rumbo al mar que avistábamos como una confluencia maravillosa y única de poder y dinero, que a mí poco me importaban. Digo esto por lo que sucedió más tarde.

Por la época de mi nacimiento, mi padre se desprendía de un terrible dolor: el rey Juan II fue liberado después de haber sido secuestrado por el infante de Aragón y el rey consorte de Navarra. El infante, según mi padre, era un hombre de la peor calaña, capaz de mentir e inventar situaciones favorables a su ambición de poder sin la menor vergüenza.

SEVILLA

SUPE por Abla que mi padre solía pasar mucho tiempo en Sevilla después de que naciera, también en Sanlúcar, mi hermano Lorenzo. Hablaba con escribanos, acudía al Alcázar a menudo y escribía largas cartas al rey Juan II desde su residencia condal. Allí había más cofres y arcas que mesas y sillas. Los tapices de Arras eran deslumbrantes y a mi padre le gustaba observar por horas uno que tenía representada a Santa Catalina. Se sentaba en una silleta de madera, puesta sobre una alfombra que, según la tradición familiar, había pertenecido al papa Sixto, aunque algún pariente decía que había sido propiedad del abuelo, Guzmán el Bueno, por el tallado árabe. Las fuentes, los saleros y los jarros eran de oro traído de Sudán. Mi padre tenía en Sevilla siete caballos de montar, además de siete yeguas para parir y potros innumerables. Tenía una variedad de naipes de distintas procedencias y, después de leer a las ocho de la tarde, recibía con frecuencia visitas de Alfonso de Palencia, el hombre sabio y protegido suyo que lo invitaba con insistencia a leer a Séneca. Luego paseaba por la villa, montado sobre Domingo, su caballo favorito, que luego regaló a mi madre.

Cuando regresaba a Sanlúcar desataba episodios de ira en mi madre, que le cobraba las largas ausencias. Eran momentos tormentosos y luego, como un mar con las rocas, terminaban abrazados, atrapados en una paz de cristal, dispuesta a estallar en mil pedazos, bestialmente. Era un amor desfogado, en cierta manera adolorido, de murmullos y gritos, perseguido por indiferencias repentinas, como monstruos que de repente se recelan unos a otros.

Mi padre quería cumplirle la promesa a mi madre. Se guiaba por ella y retenía en su seso y en su cuerpo las permanencias volcánicas de su carácter que enseguida daban paso al tiempo fugaz de la fuerza por el deseo aplazado. Las ausencias de Sanlúcar fueron al principio un secreto para mi madre. No sabía que él estaba empeñado en que Juan II atendiera sus peticiones testamentarias. Fueron varios meses de tenaz insistencia en los que mi padre le recordaba que, gracias a sus acciones, había salvado a Sevilla de caer en manos del infante aragonés. Cuando lo logró, corrió a donde mi madre. Le explicó que había obtenido dispensa del rey de Castilla de inusual ocurrencia. Y le leyó el documento que desenrolló en su presencia. Había obtenido autorización para que «herede y suceda en todo aquello que por mayorazgo cualquier vuestro hijo o hija legítima o nieto o nieta u otro cualquier vuestro descendiente másculo o hembra, aunque sean o sea bastardo o bastardos y no legítimos, sean naturales o adulterinos».

Mi madre llevó a mi padre al aposento donde yo dormía esa tarde. Ante mí, sonreía plácida. La acción de mi padre la conmovió. Había hecho saltar por los aires la cláusula que impedía al hijo bastardo heredar el mayorazgo. Pero mi madre, dudosa, le preguntó si eso no era para el hijo tenido con la Molinera. «De aquí no saldremos hasta que juréis que lo haces por este hijo y no por otro concebido a relinchos». Mi padre le explicó que, si hubiera sido por el hijo de Isabel de Meneses, lo habría solicitado mucho antes y no ahora tras mi nacimiento. «Juan. Juan Urraco de Guzmán y Guzmán será mi heredero», le dijo, mientras ella le comentaba: «No dejes nada al azar oscuro de las caderas. Las mías no son de trapo que acomodo alrededor, como las de otras mujeres que deseáis. Os gusto porque soy ancheta de caderas, como recomendaba el Arcipreste de Hita, que sabía muchísimo de muchachas bonitas. Ah: también me debéis matrimonio para cuando te libréis de la Cerda».

No sé si mi madre lo intuía, pues solía decir, según me contaba Abla, que parir era pecaminoso porque el hombre entraba en un rechazo hacia la madre del hijo nacido. «Le da asco tumbarse y acariciar las partes pudendas por donde parimos», concluía ella. Pero mi madre lograba detenerlo y evitar que fuese tras otra mujer con nuevos perfumes y una nueva forma de vestir. Lo sorprendió el día en que ella lo recibió envuelta en el cobijado: un manto negro que cubría desde la cabeza hasta los pies y de cuyo rostro solo quedaba descubierto su ojo izquierdo, del color de las aceitunas, desde el que observaba la lascivia de su primo, mi padre, cuya rebeldía de pasión aumentaba cuando unas enaguas de tafetán de lino se deslizaban por fuera de la cama. Lo que jamás supo mi padre es que mi madre vestía también así, no solo porque lo había aprendido a hacer en Vejer, sino como recuerdo negro de la villa donde su padre había muerto sin haber recuperado la libertad. «Si me desea, que no solo busque mi cadera, sino derrita su fuego en un vestido de Vejer, que lo maldice», le dijo en una ocasión a Abla.

El cobijado fue en adelante el preludio secreto que enseñaba mi madre en la plenitud del dominio carnal sobre mi padre. El vestido hablaba de amores por los que él se desmoronaba. El cobijado era hechura que le alborotaba las ansias de poseerla.

SANLÚCAR DE BARRAMEDA

Era el año de 1445 y el frío de febrero estrujaba las sienes y adormecía las orejas. Pero hubo calor en Sanlúcar cuando llego al alcázar viejo un emisario del rey. «¿Dónde puedo encontrar al conde, a don Juan de Guzmán?», preguntó. «Lo puedes encontrar en las caballerizas». Cuando el hombre llegó allí, solo estaba mi madre junto a dos yeguas árabes, que habían sido domadas hacía un tiempo. «El conde no está aquí. Ha ido al campo de los toros. Le veré en un rato. Deja conmigo lo que traes». El emisario le entregó unos papeles enrollados con el sello real grabado como cierre de seguridad.

Cuando se los dio a mi padre, los leyó ante ella. El rey Juan II le otorgaba el título de duque de Medina Sidonia. Ambos se abrazaron y mi madre le dijo cuando la soltó: «Creo que el rey no os conoce bien», y sonrió. El tercer conde de Niebla se convirtió así en el primer duque de Castilla que no pertenecía a la casa real.

—Perdonadme, hermano –me dice Lorenzo.

—Habla.

—Debo deciros que el rey Juan II sí ha tenido en cuenta nuestra sangre real para concederle el título a mi padre, el más antiguo de Castilla. No olvidéis que nuestro antepasado Juan Alonso de Guzmán y López Osorio casó con Beatriz de Castilla, hija del rey Enrique II de Castilla y de ese matrimonio venimos los Guzmanes por nuestra línea. No digo más, eh, Urraco.

—Permitidme, entonces, Lorenzo, leer unas palabras de tal concesión: «Considerando ansimismo los muchos, muy buenos, muy leales e muy señalados servicios que vos me fezistes...e los grandes peligros que con toda animosidad e lealtad vos pusistes por servicio mío, e por defensión de la mi muy noble e muy leal çibdad de Sevilla...Ansimismo quando vos e otros cavalleros de mis reinos por mi mandado fuistes a la mi muy noble ciudad de Córdova, a la que algunos tenían rebelada e ocupada contra mi servicio e explelistes della a los que en favor del dicho rey de Navarra e infante don Henrique, la tenían ocupada y tiranizada... por las quales cosas es mi merçed de vos dar e do por la presente la dignidad de duque, e de vos fazer...duque de la vuestra villa de Medina Cidonia, e quiero, mando, y es mi merçed que de aquí adelante para en toda vuestra vida seades llamado, e yo por la presente vos llamo Juan de Guzmán, duque de Medina Cidonia e conde de Niebla». He dicho.

Para mi padre el ducado era una conquista más, ganada en la batalla, ganada en la defensa de las tierras, testimonio de su grandeza. Nadie se lo podía discutir en muchísimas leguas a la redonda porque nadie lo superaba. Era el primer duque del reino.

Entraba ya la primavera por las ventanas del viejo alcázar, que derretía el rostro helado del invierno. No era el viejo alcázar el que derretía el invierno, sino la primavera. La tierra se rompía y aparecían los brotes de una vegetación despierta, cuya fatiga quedaba atrás, sumida en ese frío de cosechas apenas soñadas. Era el paisaje que miraba mi padre desde la ventana cuando llegaron noticias desde Valladolid, donde a cercanas leguas había tenido lugar la batalla de Olmedo. El condestable de Castilla, Álvaro de Luna, había vencido a los infantes de Aragón. El infante Enrique, tan odiado por mi padre, cayó muerto como consecuencia de una herida sufrida en la refriega. Pensó en Patricia de Romero, su amiga cordobesa, que había acertado en su premonición. Juan II se libraba del peligroso rival y premió a De Luna con el maestrazgo de la Orden de Santiago y con el condado de Alburquerque.

Mi padre estaba contento. Mucho sufrimiento le había producido el infante y no disimulaba el rencor que le tenía. Estiró su cuello para exclamar: «¡Viva el rey!».

A los pocos días nació mi hermano Lorenzo, como ya lo he dicho, y ello aumentó su felicidad. Como también he dicho, fue bautizado con ese nombre en honor de Lorenzo Suárez de Figueroa, nuestro ilustre antepasado. Fue parido en la casa de mi madre, en parto largo y encendido. No Lorenzo Suárez de Figueroa, sino mi hermano Lorenzo. Las calenturas hicieron temer por la suerte de ella, pero es una Guzmana que se eleva ante los peligros de muerte.

Mi madre tomó nota de cada noticia: duque de Medina Sidonia, muerte del infante Enrique y nacimiento de Lorenzo. Cinco meses después, le pidió a mi padre que fuesen por unos días a Medina Sidonia, pero le anunció que ella llegaría antes, sola, acompañada por Abla. «¿Por qué?», preguntó. «Sorprenderte es lo mío, ¿no? Llegad en la noche de luna llena y no preguntéis más». Al despedirse, mi padre le pidió un beso eterno. Mi madre prorrumpió serenamente: «Me encantaría ser Dios, pero apenas soy Urraca. No tengo besos eternos».

MEDINA SIDONIA

ANTES de salir hacia Medina Sidonia, mi padre observó una gaviota que alzaba el vuelo, se perdía en el horizonte y regresaba como un nuevo día, como cosa de otro mundo. Ahí pensó en mi madre más que otras veces y se sintió vencido de amor. Recordaba sus desvaríos, la espesura de sus palabras y el regreso de plegarias cuando parecía que podía perderla. La gaviota lo siguió una parte del camino: sobrevolaba entre el crepúsculo, rozaba las laderas y se elevaba hasta perderse en las pendientes de las nubes; dejó la desolación de su graznido entre las multitudes del silencio.

Cuando llegó, ya noche, preguntó por mi madre. El hombre, vigilante, miró alrededor y le dijo que lo esperaba en la vereda, junto al castillo, al lado de las caballerizas. Se desvió del sendero cuando notó que los acebuches que rodeaban las cuadras tomaban un color dorado. El corral de caballos, sin animales adentro, se iluminaba por unos candiles puestos sobre la arena, contra las barandas. Mi padre se quedó inmóvil, bajo la sombra de su cuerpo, hasta que un sonido grave salió del fondo. Entre un murmullo de voces salvajes, caminó hacia él, a paso lento, una yegua montada a la jineta por mi madre. Se acercó a él y le pidió que se ubicase tras las barandas y con los ojos le señaló la luna llena que clareaba la noche.

Mi padre no entendía del todo qué sucedía y observó a mi madre. Vestía una falda larga y marrón, bordada con oro, que se recogía hasta los muslos, que no llevaban calzas. Un broche de oro cerraba una camisola blanca, ajustada al pecho, que le cubría los brazos. Llevaba otro broche de oro abajo del cinto. Como si fuera un hombre, notó que llevaba botas altas, de cuero de cabra, atadas por cintas de seda, adelante y a los lados. Cuando giró para dirigirse hacia la puerta del corral, vio que el pelo lo había recogido a la altura de la nuca con un coletero amarillo brillante y que, en vez de aparecer trenzado, caía por la espalda en gruesos flecos dorados y rizados que confluían en la cintura.

Con furia callada, salió por la puerta un toro que mi madre miró con ojos brillantes, encendidos. Alzó la vista hacia la luna, dio media vuelta y la figura de la yegua quedó al aire. Era una yegua árabe, negra, cuya cola baya, suelta, se tornaba aún más tostada por los reflejos de los candiles. Se paró sobre las patas, mientras el toro la vigilaba, desconfiado. La yegua arrancó y el toro la siguió con rapidez inaudita pegado a su grupa, con fijeza en su galope. En un quiebre, el toro dejó de correr. Mi madre miró de nuevo hacia la luna y puso la yegua, derecha, frente al toro. Se miraron entre sí, acompasados por un miedo oculto. Una cascada de polvo amarillento envolvió sus cascos. Con destreza, mi madre enfiló hacia el toro y, tras dos quites continuos, la yegua se paró sobre sí, saludando a mi padre. Y ahí, junto a él, mi madre le tendió la mano, que mi padre agarró con firmeza.

Se soltaron, mientras la yegua daba otra vez la media vuelta y se situaba frente al toro. Lo señoreó, mientras embestía y mi madre, que ya era una única persona fundida en la yegua, frenó y el toro, al compás, detuvo su andar. La jaca, vistosa por la luz de la luna, inició el galope de nuevo y el toro arrancó con corazón. Mi madre ejecutó un pase complicado y temerario en el que expuso su vida. Mi padre dejó de respirar por unos momentos, torturado por la faena de la muerte, hasta que mi madre llevó el toro a otro sitio, donde pareció descansar, tras la suerte echada. Lo dejó allí un momento. Soltó las riendas, bajó de la yegua y tiró la lanza contra el cielo clareado. Su falda se estiró hasta los pies. Caminó hacia el toro, sin prisa, con elegancia al pasearse y valor preciso. El toro quieto, gobernado por los ojos brillantes de mi madre, le correspondió la mirada. Estaban rostro a rostro. Mi madre se acercó hasta los hocicos, metió la cabeza entre los pitones y le besó la frente.

«¡Qué bonita vos!», gritó mi padre. Ella sonrió y le reclamó que se acercara. Y ahí lo tomó de la mano y se fueron siguiendo la estela de la luna, mientras el vaquero apagaba los candiles y se llevaba al toro y al caballo a sus rediles. Despacio, muy despacio, había acabado la lidia.

SEVILLA

Mis padres regresaron a Sanlúcar, pero a las pocas semanas él decidió marcharse a Sevilla a resolver algunas situaciones complicadas de la política local. En una fiesta conoció a Elvira, la hija de Albar Pérez de Guzmán, señor de Orgaz, pariente suyo. No disimuló la atracción por ella, que se paseaba con elegancia por los salones, entre cantos que le levantaban el rostro y dejaban ver su porte y belleza. «Sois de los Guzmanes, sin duda», le dijo mi padre, «porque luces el arrojo al caminar y el pelo dorado se balancea el compás de vuestros pasos». Elvira caminaba con firmeza y sus movimientos coquetos parecían creados para él.

Elvira fue una doncella que dejó de serlo cuando mi padre le enseñó a manejar su cuerpo. Se vieron varias veces, a escondidas, en una Sevilla que murmuraba cualquier sospecha de enamoramientos extraviados. Mi padre la visitaba por las noches, bajo el anonimato de calles oscuras y el trasiego de vagos y truhanes. No podían reprimir sus deseos, unas veces angustiosos y otras veces envenenados por el alboroto que prendía en él cuando lo recibía medio desnuda, sentada al borde de una cama cuyos velos colgantes jugaban con el color de su pelo. Un mechón largo le cubría uno de sus senos, con tal encantamiento que mi padre ruborizaba solo con rozarlo.

A mi madre le molestaban esas ausencias, como todas, porque no se fiaba de sus pasos. Iba y volvía de Sevilla, casi siempre sin dar explicaciones y después de un tiempo notó cierta rareza en su cara. Supuso que visitaba a Isabel de Meneses y a sus hijos, pero no se lo preguntó. La furia contra la Molinera se hundía entre las caricias que él le prodigaba cada vez que entraba a su aposento a través del túnel del alcázar viejo de Sanlúcar.

Después de haber regresado de uno de sus viajes a Sevilla, le anunció que partiría hacia Córdoba. No le dio ninguna razón que motivara su partida. Fue al encuentro de Patricia de Romero. Le contó que Elvira de Guzmán estaba embarazada y no sabía si debía decírselo a mi madre y a Isabel. Patricia le recomendó franqueza y nervios. «Contáis con suficientes fuerzas. No calléis». Pero mi padre ignoró el consejo. Elvira parió una niña, y no se lo dijo a mi madre ni a Isabel.

El remordimiento mayor llegó cuando en un acto imprevisible, al impulso de sus instintos, decidió cederle a la niña nacida las villas de Lepe, Ayamonte y La Redondela. Fue el mismo día en que le confesó a Elvira que todo había sido un enamoramiento repentino y que amaba a mi madre. Para compensar su dolor, le dejaba a su hija esas propiedades. Fue bautizada con el nombre de Teresa. La contempló dormida y sintió por ella una felicidad hinchada.

En medio de las cavilaciones y de una desolación que lo carcomía, se dijo que no podría vivir más con el secreto. Mi madre escuchó el sinsabor y, sin mediar palabras de reproche, lo echó del aposento. Días después se enteró de las cesiones de tierras. Le mandó decir con Abla que lo esperaba en el bosque. Mi padre acudió y, ante un cuadro de espanto, tuvo que forcejear con ella para que no le enterrara una espada en su pecho. Doblegada contra el suelo, le dijo a él: «Vuestro seso no tiene orden ni yo destino junto a vos. Mal día habéis nacido». Crispada, se puso en pie: «Entregáis las propiedades de mi padre a vuestra hija bastarda. Entregáis mis propiedades, que serían de nuestros hijos, únicamente por el calor de un rato. Bastará que llegue la noche de vuestra muerte para que lloréis por haberme engañado. No cumplís la promesa y yo no cumpliré fidelidad». Mi padre tuvo el dolor pleno y la arrastró por los matorrales, hasta que, exhausto, la dejó tirada al lado de un montículo de tierra. A lo lejos, escuchó un grito suyo: «¡Arda en aceite vuestro corazón maloliente!». Mi padre giró y regresó enfurecido. Ella solo le dijo: «Ahora soy una mujer feliz». Él aguantó la respiración y trató de pegarle. Mi madre se incorporó y agarró un palo. Amagó con darle un golpe, pero se contuvo. «No recuerdo al asesino de mi padre», le dijo y salió corriendo.

En Sevilla, mientras tanto, una niña recién nacida se había encariñado con mi padre. Y él le correspondió con tierras largas y tiernas frases de dulzura lírica.

NIEBLA

No bastó el nacimiento de Teresa para que mi padre contuviera sus alborotos carnales. Desde Sevilla solía marcharse por varios días a Niebla, su condado y el condado de sus antepasados desde Juan Alonso de Guzmán y López Osorio. Allí, en las afueras de la villa, tenía la querida, que él llamaba la *niña de Niebla*.

Nunca vestía como sus otras amantes, con lujosos adornos y trajes de buen paño y seda. Era una mujer sin contrapunto, dócil, cariñosa y de hablar andalusí. Cuando descubría la presencia de mi padre, se escabullía entre el monte y él salía a buscarla durante horas, mientras aumentaban sus ansias pasionales. Al encontrarla en algún paraje, allí mismo la besaba enloquecido y yacía con ella hasta que regresaban a la casa. De insólita obediencia, le servía comida y lo cuidaba hasta el cansancio, aunque estuviera de mal humor. Con ella, ejercitó sus manos en dorar su piel con aceite que el traía preparado con yerbas desde Sevilla. Le daba buen trato y trasnochaban casi siempre, sumergidos en una pasión diáfana, pero incesante.

Al lado, había un granero, donde solían merodear los ratones, que nada gustaban a la *niña de Niebla*. Entonces él se dedicaba a perseguirlos y matarlos con un palo. El gato apenas miraba. Su amante, agradecida, cumplía enseguida y ardientemente sus impetuosos afanes. No los del gato, sino los de mi padre. Desataba el nudo del cordón que rodeaba su cintura, le levantaba la burda falda y en tal punto daba rienda suelta a las consabidas amatorias. En varias ocasiones, fueron observados por un vecino, que les seguía sus pasos. Cuando mi padre quiso atrapar al fisgón, tras emprender una carrera detrás de él, se interpuso un jabalí que evitó que lo alcanzara. Pero el fisgón volvió a tejer la mirada noches más tarde. Mi padre, entonces, decidió vestirse de mujer y salió a recibirlo. El hombre, en medio de la oscuridad, cayó en la trampa y mi padre logró capturarlo con rapidez. Lo agarró por las piernas, lo tumbó y lo ató de manos y pies con cuerdas de algodón. Lo llevó al granero, mientras el vecino daba voces, y lo dejó en manos de los ratones hasta el día siguiente.

A la *niña de Niebla* le pareció un juego espontáneo y un experimento gracioso. En la mañana, mi padre fue al granero y observó al hombre mordisqueado. «Así te han dejado», comentó. Llamó a la *niña* y le pidió que lo pisara en el pecho, mientras él lo desnudaba. Cuando así lo tuvieron, le pidió que se marchara a la villa. El vecino se resistía a caminar y reclamaba la ropa. Mi padre desenvainó la espada, lo amenazó de muerte y le pinchó una nalga. El hombre emprendió la carrera, tapándose las vergüenzas con las manos, mientras otros vecinos lo veían pasar por entre los sembrados.

En Niebla dijeron que se había vuelto loco y, cuando acusó a mi padre del hecho, nadie le creyó. «¿Don Juan?», preguntaban los moradores escépticos. Meses después, nació un niño al que también llamaron Juan. Mi padre logró mantener el secreto durante varios años. Nunca quiso pregonarlo.

SANLÚCAR DE BARRAMEDA

TRANSCURRIÓ más de un año sin que mis padres se volvieran a ver. Fue el tiempo que más pasó con la *niña de Niebla*. Pero mi padre buscó a mi madre con la excusa de que quería contarle un suceso, aunque en realidad pretendía recuperarla. Aceptó verlo después de varias negativas. Durante la plática le dijo que había roto definitivamente relaciones con María de la Cerda, su mujer, y que buscaba la manera de culparla de ciertos hechos, pero debía antes confirmarlos. De ser ciertos, merecería un castigo. Mi madre, intrigada, preguntó de qué se trataba, pero él no habló más del asunto. Le pidió perdón por su conducta en el pasado y le aseguró que revocaría la cesión de Lepe, Ayamonte y La Redondela, hecha a favor de mi hermanastra Teresa, su hija. Mi madre no creía lo que escuchaba, pues ya había sido engañada, pero él la persuadió de que las cosas cambiarían. «No faltaré a mi palabra», le anunció. Era notorio que mi padre seguía enamorado de mi madre. Por ello, quería librarse de María de la Cerda y recuperar las villas.

«Quiero demostraciones», le pidió. «Las tendréis». Y ella mudó la voz y dijo: «Es una advertencia, Juan». Luego mi padre pasó a contarle que estaba empeñado en una cruzada contra los musulmanes, tras seguir los consejos de Patricia de Romero, después de su último viaje a Córdoba. Mi madre le preguntó que quién era esa mujer. No abundó en detalles y le pidió que no sintiera celos. «Es que no me fío de vos. Os vais a quedar sin lengua», agregó ella. «Si fuese una mujer con la que tengo tratos carnales, ni os la mencionaría», comentó él. «Es una mujer pura que pinta en un cartapacio», agregó.

En su empeño por luchar contra los musulmanes, le contó a mi madre que había recibido una bula de indulgencia del papa Nicolás V e indulgencias plenarias para todos aquellos que le ayudasen a combatir al moro en Granada. Mi madre, agitada, pareció ceder y le dijo: «He creído que el papa nos había perdonado el pecado carnal« y le acarició la barba. Lo tomó de la mano y lo condujo a su aposento. «Por muy desenfadada que me veáis ahora, no quiero que te pases con un embuste más o, si no, le pediré a un rufián que os mate a palos». Después le dijo unas palabras en árabe, que él no comprendió, mientras se deshacía del cobijado. Mi padre vio su hermosura y se sintió más que satisfecho: si ella no pensaba perdonarlo y quería apartarlo de su vida, no lo habría recibido vestida así. Y dejó que ella lo besara en la boca. Luego obraron como dos bestias en celo.

Poco tiempo después, mi padre suscribió un documento en Sevilla, que aún conservamos. En él expresó: «Por cuanto yo tengo cargo de conciencia de los bienes de don Alfonso, mi tío, que yo tengo… lo quiero dar a sus descendientes. Es voluntad determinada por el cargo que yo tengo de dicho mi tío, de mi juntar con doña Urraca, su hija». Sostuvo en el documento que los hijos varones heredarían todo su estado, y que, si no lo pusiera en el testamento pagaría doscientas mil doblas a mi madre. «No osó decir nada», le comentó ella cuando se lo dijo. Pero estaba claro que mi padre honraba así su palabra y pensaba en mí como heredero y desposarse con ella.

Meses más tarde, murió el suegro de mi padre, Luis de la Cerda, conde de Medinaceli. Habló con su cuñado Gastón de la Cerda, el nuevo conde, y le contó que antes de fallecer había recibido la dote y ajuar prometidos de María por valor de treinta mil florines y que él le había rogado que rehiciera su vida matrimonial. Le prometió que lo haría, «pero no pienso hacerlo porque no merece estar a mi lado». Ante la imposibilidad confesa, el nuevo conde, agraviado, lo llamó hipócrita por haber faltado a la palabra y por actuar torcidamente. Mi padre le dijo que tenía sus razones y que se enteraría de ellas.

Tras el encuentro con Gastón de la Cerda, mi padre le entregó los treinta mil florines a mi madre, como prueba de su amor. Ella los guardó en el arcón alemán, bajo mil llaves. «Así os respondo», le dijo él. «Os ha salido barato el pecado de carne», comentó ella. Mi padre, colérico, le contestó que Huelva pronto herviría por verdaderos pecados de carne. «Lo mío con vos es solo un pecadillo. Veréis lo que se aclamará en público».

HUELVA

Que sea ahora mi hermano Lorenzo el que cuente lo sucedido. Yo no puedo inventar. Él escuchó a mi padre directamente. Le narró la historia alguna vez.

Pero antes de darle voz a mi hermano quisiera preguntar a madre si es verdad que ella animó a mi padre a hacer lo que hizo. «No tengo velas en ese entierro», responde ella. «La verdad es que aquello sí me convenía. No puedo negarlo. Ante la Iglesia sería un horror y algo haría el papa. Vuestro padre quería matrimoniar conmigo. Pero fue voluntad suya ganarse la honra», agrega mi madre.

Al principio fueron murmuraciones, según dijo mi padre a mi hermano Lorenzo, a quien cedo la palabra:

«Un vasallo suyo, algarrobado, que solía pasearse por Huelva con su giba a cuestas, fue y contó que María de la Cerda, destinada a Huelva por mi padre por ser tierra de su linaje, andaba con distintos hombres en la noche y, amanecida, se metía en su casa. Tenía sus apaños, sus amantes clandestinos, a quienes les ponía artilugios para asegurar sus servicios. Lo mismo le contó un caballero y un mancebo cuando fue a la villa a averiguar sobre los rumores. Mi padre estaba metido en un atosigadero a medida que aparecían nuevos testimonios.

Decidió denunciar ante la justicia a quien ahora era la duquesa de Medina Sidonia. La acusó de adulterio reiterado ante Juan Bartolomé, un babazas que era alcalde ordinario y de la justicia en Huelva, conocido de mi padre. «Pero si no es mujer embarazada, ¿cómo puede ser adultera? Preguntó el babazas. Mi padre le respondió: «Justo por ser estéril, que no me ha dado ni un hijo, es que puede esconder sus infidelidades».

A partir del 24 de septiembre de 1448, la justicia escuchó a siete testigos: «La he visto follar en el mercado por las noches, tendida en una estera», dijo el primero. «Un barbudo y barribajeño la consumía contra unos soportales a la medianoche», apuntó el segundo. «Es una bicha. He de confesar que la tuve entre mis brazos varias veces», manifestó el tercero. «Ella misma me quitaba los braguetorros y andábamos de aquí para allá», expresó el cuarto. «Es una cabecidura. Yo trataba de evitarla, pero me buscaba entre las piedras», señaló el quinto. «Íbamos al monte. Es muy calentona», precisó el sexto. Y el séptimo condensó el historial: «Siempre fue mujer muy enamoradiza y muy disoluta».

A la mitad de los testimonios y sabedora de lo que allí se decía, María de la Cerda huyó de Huelva. Partió hacia tierras del maestrazgo de Alcántara y, en medio de la calorera que hacía, sedujo al maestre Gutierre de Sotomayor, a quien conocía desde niña, puesto que solía frecuentar a su padre. Ni el maestre se libró de sus antojos carnales. Vaya mujer pecadora.

El babazas le dio un plazo de seis meses para que regresara a Huelva y enfrentara la justicia. Pasado el tiempo, la mujer no apareció. La declararon en rebeldía, tras probarse el adulterio reiterado, que escandalizó a las gentes de la villa. Muchos dijeron que mi padre había torcido la justicia a su favor, pues estaba sujeta a sus intenciones. «A mí no me colorea nadie», dijo María de la Cerda, cuando supo que el nuevo alcalde ordinario, Diego Alfonso, la condenaba a perder todos los bienes dotales y parafernales. Y como ella no quiso recurrir la sentencia, el público dio por cierto el adulterio, mientras ella se refugiaba en casa de sus familiares. Su sobrino, llamado Luis como su abuelo, aceptó en nombre de su tía que mi padre recibiera todas las rentas y el propio señorío hasta cuando su mujer falleciese, y que, de conformidad con lo pactado en la carta de dote, los bienes y rentas retornaran a la casa de Medinaceli si no hubiese hijos. Como clérigo, digo que era una mujer cuya pasión era pecado grave y debía fidelidad a mi padre por el vínculo matrimonial. Pero ella tenía que chingar todo este asunto. Pecaba por todos los costados. Era una gorriata».

SEVILLA

Mi hermano Lorenzo ha callado y reza en silencio. Tal vez ha quebrantado el orden celestial de las palabras.

Lo cierto es que mi padre entró en el desvarío con su cariño por mi hermana Teresa. Sea por lo que fuere, se desvivía por ella, pero imagino que era por ser su única hija mujer. Como a cualquiera de los Guzmanes, quiso casarla con alguien que fuera hijo de hombre importante. Se reunión con Álvaro de Stúñiga, conde de Placencia. Su hijo mayor, Pedro de Stúñiga casaría con Teresa. En medio del desvarío, en las capitulaciones matrimoniales, cedió como dote Lepe, Ayamonte y La Redondela, pero se reservó para él el usufructo de Lepe. Quedó al descubierto que mi padre no había revocado la cesión hecha a favor de mi hermana, como lo había prometido, y nos dejaba por fuera del asunto. Rompía por la propia voluntad el remordimiento de haberse quedado con las villas que habían pertenecido al padre de mi madre. Incumplía la palabra dada a ella y puesta por escrito en Sevilla en 1448. Mantuvo su posición original desde cuando había nacido Teresa: cederle, cuando se casara, las tres villas.

Cuando mi madre se enteró de las capitulaciones matrimoniales, entró en cólera extrema. Mi padre lo supo de inmediato. Por un momento, pensó que tenía cerca la muerte. Tomó la precaución de no visitarla durante un tiempo. Y ella decidió prohibirle que viera a sus dos hijos. Nosotros éramos pequeños todavía. Mi edad era de diez años. La furia de mi madre creció aún más cuando identificó a quien sería el marido de mi hermana. Pedro de Stúñiga se había enfrentado violentamente con su padre por unas rentas que se devengaban en el río Piedras, entre Gibraleón y Lepe. El padre de mi madre perdió el pleito y la audiencia real le reconoció a Stúñiga el derecho a poner otra barca y cobrar derechos de paso, en condiciones semejantes a las de su rival. Mi madre lo odiaba porque había producido malas horas a su padre. Los Stúñiga habían alcanzado con los años una enorme riqueza, pero nunca superior a la de los Guzmanes y a la de los Ponce de León y ese poderío molestaba al padre de mi madre. «Es una cosa de espanto», solía decir sobre los Stúñiga. Pero mi padre, en cambio, sabía que matrimoniar con uno de ese linaje aseguraba rentas hasta los tataranietos. Aunque Teresa no estaba enamorada de Pedro de Stúñiga, hacía lo que mi padre le dijera. Es lo acostumbrado. Y él hacía lo que mi hermana le pidiera. Le daba lo que hubiese menester. La necedad gobernaba la relación entre mi hermana y mi padre.

Enceguecido por el placer carnal, y alejado de mi madre y de Isabel de Meneses desde hacía catorce años, mi padre buscó entre sus esclavos, compuestos por moros, negros y canarios, una manceba que lo entretuviera después de ocuparse de múltiples labores cada día. Escogió a Fatma, mulata traída desde Sanlúcar, de 15 años de edad, a quien arrimó a su casa en Sevilla. Ella, mujer discreta, lo quería y cada noche, tras tocar el arpa y cantarle agradables melodías, le calmaba los arrebatos. Fue virgen hasta que mi padre irrumpió en su vida. Ella lo redimía y le dejaba el campo abierto para lo que se le ocurriese.

Era un devoto de su sonrisa fresca y su piel casi teñida de negro. Antes de un año resultó embarazada y mi padre le cedió un doncel para que la acompañara durante el tiempo de espera. Este solía palparle el vientre con extraña familiaridad. No mi padre sino el doncel. La parturienta trajo a este mundo a un niño cuyo nombre fue Fadrique, que luego llamarían Fadrique de Guzmán, tan hermano nuestro como los hijos de Isabel de Meneses, que aguantaba la soledad como si fuera mujer casada. Ahí terminaba su importancia como amante en reposo.

SANLÚCAR DE BARRAMEDA

LLAMADO por el rey Enrique IV, mi padre fue a Sevilla desde donde partió en guerra contra los moros. Fue acompañado por mucha gente suya, entre vasallos, parientes y criados. Marcharon también al combate, entre otros, el almirante de Castilla, Fadrique Enriquez; Inigo López de Mendoza, marqués de Santillana; Gómez Suárez de Figueroa, señor de Zafra; Juan Ponce de León, conde de Arcos; y Rodrigo de Manrique, conde de Paredes. El rey había logrado reunir lo mejor de cada lugar y fueron a Córdoba con más de noventa mil hombres, que llegaron hasta la vega de Granada e hicieron la tala de todo el alrededor de la tierra musulmana. El rey pensaba que así cundiría el hambre y podría cercar a Granada hasta ganarla. Pero poco pudieron hacer y el descontento fue general.

Se habían instalado en Alcalá la Real, donde mi padre tuvo largas pláticas con el marqués de Santillana. López de Mendoza estaba casado con Catalina de Figueroa, cuya hermana Teresa había sido la condesa de Niebla, madre de mi padre y cuya otra hermana, Mencía, era la madre de mi madre. Las tres eran hijas del maestre Lorenzo Suárez de Figueroa. Santillana, pues, era tío de mi padre. «Somos tan pocos que todos aquí tenemos el parentesco en muchas maneras», expresó el marqués cuando abrazó a su sobrino, ante la mirada de Gómez Suárez de Figueroa, hijo de Lorenzo, el día que partieron juntos de Sevilla. Mi padre le comentó a su tío, hombre que impresionaba por sus dones cultos, que le habían recomendado leer a Séneca. «No lo dudéis –le dijo–: estamos hechos para erguirnos ante los fracasos y despreciar las desgracias. No olvidéis aquello que escribió: 'El valor es siempre ambicioso de peligros'». Mientras recordaba a Patricia de Romero, que le había sugerido leer al filósofo cordobés, mi padre no dejaba de pensar en mi madre.

Tras levantar el campo, sin triunfo alguno, el rey dio la orden a su gente de regresar a las villas de origen. Todo había quedado en agua de borrajas. Las armaduras pesaban aún más y las cotas agobiaban. La impotencia alcanza más a la cabeza que al bajo vientre. El rey impotente dejaba perplejas a sus mesnadas.

Después de varios mensajes suplicantes, que le enviaba desde Alcalá la Real, mi madre terminó por aceptar que mi padre la viese de nuevo. Encontró cerrada la puerta del aposento y golpeó. «Entrad», dijo ella, mientras él se extrañaba porque siempre había hallado la puerta abierta. Mi padre lo hizo y casi se desmaya con la escena ante sus ojos. Mi madre lo aguardaba con el arco tensado, apuntado a sus vergüenzas, a distancia corta. «Ruego al cielo para que no me matéis», le dijo. «Ruega al cielo para que vuestros huevos no se desparramen por estas cuatro paredes», contestó ella. Le pidió que bajara el arco, pero mi madre vino a darle noticia: «Ninguno de vuestros hombres está cerca. No hay guantelete que os proteja». Estaba realmente enojada. Mi padre temblaba porque captó que ella no llevaba puesto el cobijado sino vestía un traje largo, azul, con los brazos a medio cubrir y parte del pelo se descolgaba por sus senos. Concluyó que no lo esperaba para nada bueno. Pensó en el arte de huir, pero no tenía escapatoria.

Alguien llamó a la puerta y mi madre preguntó quién era. «Soy Abla», dijo una voz casi insonora. Sin pedir permiso, la abrió y dijo: «En mi presencia no matarás al duque», y caminó hacia ella. Sin forzarla, tomó el arco, mientras mi madre se serenaba. «Las riñas pueden ser en paz», afirmó Abla al abandonar el aposento con el arco entre sus brazos.

«Puedo explicaros todo», expresó mi padre. «Más te vale que uséis el seso de la misma manera que usáis la pija», le contestó ella, de vuelta a la cólera. «Fuisteis el verdugo de mi padre y entregáis sus villas a vuestra hija sin nuestro consentimiento. Pienso que, después de tantos años, aún no lo tenéis claro. Os lo reitero por si acaso», dijo mi madre en tono áspero. «Ayamonte, La Redondela y Lepe fueron adquiridas por nuestra abuela con dinero enviado desde Fez por nuestro abuelo. ¿Lo entendéis? El rey Sancho IV estaba en apuros y vendió esas villas a nuestros abuelos. Luego nuestro antepasado Juan Alonso de Guzmán y López Osorio, primer conde de Niebla, dejó en herencia las tres villas a mi padre. Os recuerdo lo que dijo: 'Para siempre jamás para él y sus descendientes'. Era un señorío propio, acordado con el primogénito Enrique, vuestro padre, que heredó el mayorazgo. Os lo repito: vuestro padre heredó ese mayorazgo y mi padre el señorío. Vos ignorasteis el acuerdo entre padre e hijo y entre los dos hermanos. Esas villas son nuestras y ahora las entregáis a vuestra hija Teresa».

Mi padre no discutió. Guardó silencio. Después habló: «No tiene importancia porque he conservado el usufructo de Lepe, que fue en vida la plaza más preciada por vuestro padre». «No lo dudo, pero nos prometisteis esas villas y no has honrado vuestra palabra. Incumplisteis y llegáis aquí como si nada hubiera pasado. Os daría una cuchillada si no fueses el padre de mis hijos». Mi padre rezongó y le preguntó: «¿No era suficiente el arco?». Mi madre no respondió, fue hacia la ventana, observó un oso que la miraba y después atinó la vista sobre unos gallos. Miró hacia el lejano mar y luego le dijo: «Le quitáis de la boca el pan a nuestros hijos». «Os juro que no es así, Urraca Micaela. Quiero favorecer a Urraco con el mayorazgo, que no podéis comparar con las tres villas, y tener casamiento con vos». Mi madre pareció rendirse cuando mi padre le pidió que extendiera la mano. Sobre su palma puso un rubí del tamaño de una avellana con cáscara, que había pertenecido a Beatriz de Castilla, la mujer de Juan Alonso de Guzmán y López Osorio, origen de las disputas por Lepe, Ayamonte y La Redondela. Mi madre comprendió el mensaje. Enseguida se dieron las paces con un beso en la boca, largo y estrecho. Sus dientes tenían el color de la blanca tarde, y sus labios eran huéspedes de placer.

Le acarició su pelo pálido y ensortijado, que le cubría el pecho. Juntos caminaron hasta la ventana y ahí la desnudó. La luz traslucía la mella del disgusto en su cara. Llevó la mano hacia sus mejillas y ella sonrió por primera vez, mientras su nariz se respingaba alegremente. Maravillado con su cuerpo, que caminaba libre y con pasos muy cortos, trabó juego con sus manos. «Haced lo que deseáis hacer», le dijo ella. «Y no digáis mentiras en adelante». Cuando hallaron un descanso, mi padre giró para marcharse y mi madre lo detuvo por el brazo: «Me debéis doscientas mil doblas por no haber cumplido vuestra palabra». La miró y le manifestó, después de dar media vuelta: «Tendréis las doblas y mucho más».

VEJER DE LA FRONTERA

ESTABA preciosa y animada cuando fue mi padre a visitarla. Con los años, mi madre había adquirido otra belleza, más madura, y sus rasgos se marcaban profundos en su rostro. Sus piernas se habían endurecido, tal vez por guiar con firmeza el paso de sus caballos. Fue lo que mi padre vio después de despojarla del cobijado, tras ser tentado por alguna frase de cariño. Ella, ante el hombre sorprendido, le dijo: «No creáis siempre en mis palabras».

Más tarde, le pidió que saliera y regresara una hora después. Una nueva alegría tuvo mi padre cuando lo recibió con tres cantores, más uno que interpretaba la vihuela, otro el tambor y uno más la trompeta. A mi padre le gustaba el sonido de los sacabuches.

Ese día él también estaba contento porque el rey Enrique IV, que había sucedido a su padre Juan II, le confirmó el mayorazgo y le reconocía se derecho a favorecer con él a sus hijos legítimos e ilegítimos. «Si me creéis, dejad de mirarme así. La duda horroriza vuestro rostro», expresó mi padre, mientras ella le respondía: «Vuestros hijos con la Molinera también son ilegítimos». Él se sintió ofendido y preguntó: «¿Qué venís a decirme?, Urraca Micaela. Vuestros labios atados no habrían dicho eso. Os pesan los celos. Hago las cosas por Urraco y porque quiero que seáis mi esposa».

Mi madre le acercó un jarro de plata con vino. «Pronto Urraco se encargará de mis vinos y mis atunes», comentó él. «Él no pondría veneno en vuestras viandas –le dijo mi madre–, pero yo sí». Durante varios meses, el amor entre mis padres fue bellísimo. Nada cortaba la melodía del enamoramiento hasta que apareció Beatriz, hija del Mudo, el alcaide de Vejer.

En uno de sus viajes a la villa, mi padre acudió a la casa del alcaide. Allí la conoció bajo un hiyab colorado, que dejaba asomar el capul liso y negro de su pelo. La atracción entre ambos no pudo contenerse y el alcaide rebosaba de felicidad. Por ventura, soñó que algún día se convertiría en figura de la casa de los Guzmanes. Mi padre inició la hechura de un nuevo juego de placer cuando una tarde la llevó al castillo y deshizo su virginidad. No sosegaban y solían emborracharse hasta quedarse dormidos. Hartos días pasó con ella y alargaba sus visitas cada vez más. Excusaba sus ausencias ante mi madre con pláticas que no la persuadían de que él andaba por ahí en amores. Audaz, pudo confirmarlo el mismo día que Beatriz parió un niño con un lunar en la frente. Era el nieto del Mudo, a quien ella conocía pues también había sido alcaide de Sanlúcar.

Mi padre se hallaba en Medina Sidonia y no sabía lo que se venía. Mi madre cabalgó a matacaballo hasta allí, acompañada parte del camino por Macarena de Corcuera, su hermosa amiga jerezana que podía subir las cuestas sin tomar las riendas. Era tal la furia de mi madre que por primera vez utilizó las espuelas. La yegua se molestó con el espoleo. Los cascos al galope parecían martillar sobre el acero. Era una mujer brava. Se veía a leguas y por las leguas que recorría. Antes de entrar en Vejer, se vistió con el cobijado para que no la reconocieran, se puso los chapines forrados en piel de becerro y se dirigió a la casa de mi padre. Se respiraba el aire del mar, y la villa, puesta en un cerro, pareció saludarla.

Halló a mi padre con un libro en la mano. Se lo arrebató y lo lanzó violentamente contra su cara. El golpe le abrió una herida en el labio. Sangraba. «Mirad lo que habéis hecho», dijo mi padre mientras mi madre pronunciaba palabras en árabe, completamente dominada por el odio. «No os quejéis –le soltó–: lo del libro es una alabanza». Parecía que se desmayaría en cualquier momento. Fuera de sí, lo rasguñó en el pómulo y lo pateó con las espuelas. Mi padre, atónito, no sabía cómo reaccionar hasta que le desgarró el cobijado y quedaron sus senos al descubierto. Mi madre se cubrió y él la sujetó por el pelo. «No consentiré que me maltratéis», aseguró ella mientras se zafaba. «Sois un ave de rapiña. Pobres mujeres» y se abalanzó contra él, con unas espuelas en la mano que le enterró en el pecho. «No volveréis a tocar jamás mis carnes», remató y abandonó el castillo ante la mirada descreída de la servidumbre.

Mi padre tuvo suerte porque la herida fue leve. Recuperado, pidió a sus caballeros que la buscaran y la encerraran en un aposento del castillo de Vejer, atada con grillos. «Debe quedar en el mismo aposento donde murió su padre», les explicó. Ninguna mujer había osado tanto y eso lo mortificaba y por ello quería vengarse a toda condición. Enceguecido, no pensó en nosotros, sino contra nosotros. Sus hijos éramos las víctimas del castigo.

SANLÚCAR DE BARRAMEDA

Nos llevó al alcázar viejo de Sanlúcar, sin dar explicaciones sobre la suerte de mi madre. Renegábamos por la soledad en que vivíamos, pero mi padre nos abrió de improviso a las distracciones. Un día llegó con un loco, nos sacó de la cama y fuimos a los jardines. Casi desnudo, el loco, desmochado, saltaba por los aires, caía al suelo como un muerto, se ponía de pie y soltaba una carcajada que se escuchaba por toda la villa. Rogaba al cielo para que nadie le tocase el culo y después se atragantaba con aceitunas, cuyos huesos nos lanzaba a la cara como si fuesen flechas de ballesta.

Al principio, sentíamos miedo. Pero cuando las tretas se volvieron comunes nos dio confianza. Se enojaba si le tirábamos piedrecillas, como respuesta a los huesos de las aceitunas, y amenazaba con los pocos dientes que le quedaban. Hacía como si quisiera mordernos y barría con una escoba la mierda de los caballos. Otro día mi padre trajo a unos músicos y él bailoteaba y cantaba a voces, mientras nosotros le celebrábamos sus ocurrencias. Más adelante mi padre le dio unos cuernos de toro y el loco nos persiguió por toda la casa, con la intención de clavárnoslos, pero cuando lo tuvimos cerca, entró en recato y lloró. Una tarde, después de la siesta, comenzó a dar voces, y mal parecía su semblante. Decía que mi padre era un ladrón de mujeres y un comilón de atún, que los Guzmanes eran una podredumbre de mierda, que los Ponce de León eran unos hambrientos envidiosos, vulgares genitores de miles de bastardos, y que el rey era un impotente porque carecía de buena pija. En su extraña imaginación, había dicho verdades. Cuando mi padre lo mandó callar, lo desafió con un mandoble que había en el viejo alcázar y que era del primer conde de Niebla. Tres vasallos de mi padre lo dominaron y se lo llevaron fuera. El loco nunca más volvió. Parece que tampoco lo recluyeron. Dijeron que le habían cortado la cabeza en las afueras de la villa. Nunca olvidaremos sus locuras. Tenían su gracia y eran sinceras. Estaba más cuerdo que nadie.

Para mí, el mandoble que había caído al suelo era desconocido. Traté de levantarlo y pesaba como un oso. Lorenzo me ayudó y lo apoyamos en nuestros brazos extendidos, mientras mi padre nos miraba con esos ojos de pícaro que jamás logró disimular. Caminó hacia nosotros y lo tomó. Luego nos pidió que nos parámos con firmeza y puso, primero entre mis manos, en vertical, el artilugio guerrero, que alcanzaba la altura de mi cabeza. Después hizo lo mismo con mi hermano, un poco más bajo que yo, que alcanzó a ladearse por el peso del acero. «Un día os armaré caballeros –nos dijo–, porque sois Guzmanes. Seréis caballeros porque ya sois hijosdalgos».

Me acuerdo de haber visto después el mandoble en distintos lugares del viejo alcázar. Parecía caminar solo. Paseaba. Me encariñé con él. A cada paso, lo paraba ante mí y lo movía contra la piedra del suelo, como quien hace agujeros. No me quejaba de su peso, sino soñaba con abatirlo en el campo de batalla.

En el viejo alcázar, había vihuelas y laudes. Trataba de hacerlos sonar, pero no era fácil. Mi padre solía leer después de las ocho de la tarde y yo lo acompañaba, mientras contaba sus libros: doscientos setenta. Años después supe que leía a Plutarco y a Aristóteles y releía el *Tratado del título de Duque*, escrito por Juan de Mena en su nombre después de que se convirtiera en el primer duque de Medina Sidonia. Cuando me aburría, mi padre me llevaba a ver sus treinta bestias de carga.

Todo esto hacía yo hasta que un día confuso llegó mi padre con un muchacho al que no conocíamos. Estábamos en el patio con el mandoble sobre nuestras piernas, en actitud de contemplación mágica. Dejamos el arma a un lado y nos pusimos de pie. Mi padre lo empujaba con la mano por el cogote. Cuando nos tuvo al frente, dijo: «Es vuestro hermano Enrique». Fue como una granizada. No sabíamos de su existencia y quedamos perplejos, sin decir nada. «Tenéis que despabilar. Saludad». Le cogí sus manos y luego Lorenzo las tomó entre las suyas.

«Entreteneos –nos pidió mientras se alejaba–. Enrique pasará unos días en el viejo alcázar». Mi hermano, sin disimular una pizca, le preguntó: «¿A vos quién te parió?». «Isabel de Meneses es mi madre». «¿La Molinera?». Sabíamos de ella por mi madre y él, sin responder, desvió la mirada hacia el mandoble.

De muy buena gana, hablamos de muchas cosas y nos pareció un muchacho alegre, con facciones parecidas a las de mi padre. Al rato, regresó. Lorenzo y Enrique caminaron hacia el mirador entretenidos con la plática. Me quedé solo con mi padre. Armado de valor, le pedí el mandoble para mí. «¿No tengo ya trece años?». Y me respondió: «No sé si será para vos».

VEJER DE LA FRONTERA

Los días siguientes fueron de amores. Los tres hermanos nos enamoramos de una rapaza que hacía el oficio de aguadora. Era de una edad de veinte años, sabía más que el diablo y su cuerpo tenía la temperatura del infierno. Vaciaba aceite sobre nosotros y nos sujetaba por la espalda con fuerza. Tenía la espesura de las marismas al atardecer. Puso fin a nuestra virginidad, uno a uno, con punzadas de placer y arte de muchacha dulce. No necesitamos de barraganas ni de mancebía sevillana. Soñábamos todos los días con ella y nos tentaba desde el amanecer cuando la veíamos pasar desde la ventana a paso de deseo, camino a recoger agua.

Mi padre desapareció por unos días porque se había marchado a Sevilla. Acudió al Alcázar y se presentó ante el escribano, amigo suyo. Era el año de 1457. En un acto sin misericordia, dio rienda suelta a sus iracundos sentimientos y dejó por escrito que el mayorazgo pasaría a Enrique, nuestro hermano, hijo de Isabel de Meneses. Yo no lo supe de inmediato, pero le hizo conocer la decisión a mi madre, a quien también le mandó a decir que jamás le pagaría las doscientas mil doblas prometidas por incumplir su palabra cuando entregó en dote, por su hija, Lepe, Ayamonte y

La Redondela, debido al matrimonio con Pedro de Stúñiga. Mi padre arremetía a su antojo contra mi madre y contra mí, sin que yo tuviese conocimiento de la ofensa.

En el Alcázar fue encargado por Enrique IV de recibir en Badajoz a doña Juana de Portugal, futura esposa del rey. Mi padre, ya de 47 años, se sintió halagado con el deber y reventaba por conocer a la prometida real. Al regresar, nos dijo que los tres hermanos debíamos acompañarlo como Guzmanes, así fueran hijos ilegítimos. Nadie podría prohibírselo. Nadie era más poderoso que él en las Andalucías. A la comitiva, añadió al hermano menor de Enrique, Alfonso, que llegó al viejo alcázar al siguiente día. Recuerdo haberle preguntado si mi madre sabía de ello. «La verdad es que quiero decírselo antes de emprender el viaje», contestó mi padre.

Fue Abla quien lo hizo. Ella le informó de la pretensión. Mi madre seguía en Vejer, secuestrada, aunque le había dado libertad de movimiento por el castillo. Le quitaron los grillos, le llevaron a Abla, pero su carácter no había mudado, aunque decía que se sentía libre del alma. La partida era un hecho, pensó ella, y no podría oponerse por más que lo deseara. Con sagacidad aceptó la decisión de mi padre: aún no perdía la esperanza de que él revocara su afán de entregar el mayorazgo al hijo de la Molinera y me considerase a mí como segundo duque de Medina Sidonia.

Fuimos a Badajoz. La futura reina llegó acompañada por doce damas portuguesas. De ahí seguimos hacia Córdoba donde matrimoniarían. Durante el camino, mi padre no cesó de ofrecer comidas, cenas y almuerzos. Las damas, envueltas en lujosos sayos, perdían cordura ante su estampa. Hasta una, llamada Almudena, llegó a decir que solo por verle a él el viaje había valido la pena. A todas les obsequiaba telas de oro, joyas y piedras valiosas. Mi padre caminaba largas jornadas al lado de doña Juana, que le parecía muy hermosa y ganó su afecto. Aunque quería mucho más, se imponía la discreción. El amor cortés.

Luego acudimos a la boda en Córdoba. Mi padre pasó después, allí, un largo día con Patricia de Romero, su amiga, con quien tuvo pláticas sobre su conducta con mi madre. Ella le aconsejó practicar la clemencia «porque es clemente quien verdaderamente ama». Según ella, mi padre aún estaba enamorado de mi madre, y él le confesó que echaba de menos sus ímpetus de placer. «Dadle libertad. No te arrepentiréis. Vuestra amante prima no debe vivir en desgracia. Es la madre de vuestros dos hijos». Antes de despedirse de Córdoba, Patricia se encaminó hacia él y le dijo: «Seguro que en vuestro viejo alcázar están algunas obras de Séneca. No me hacéis caso. Leedlas».

Ella lo miró fijamente con sus ojazos, mientras pensaba que él jamás leería a Séneca porque era un hombre que se traicionaba a sí mismo y repudiaba a quien no le diera semilla. Era un cretino con las mujeres. No tenía grandes amores sino pequeños amoríos, grandes pasiones y largas equivocaciones. Patricia pensó en mi madre y vio en mi padre a un ser atemorizado. Creía que mi madre le provocaba miedo y por eso la agredía. Tenía el miedo de ser abandonado. Un miedo que devenía en ira. Se enfrentaba a un espejo roto y por eso jamás leería a Séneca. Porque los cobardes son los que tienen miedo. No era un valiente, aunque lo pareciera. No es valiente el que no teme sino el que, pese a aquello que teme, actúa.

Esta señora sabía lo que decía y a él le convenía entenderse a sí mismo. No basta robar corazones. Hace falta robar sabiduría. Y, sin embargo, le rehuía a Séneca.

El rey Enrique, después de haber pasado por Sevilla donde dejó a doña Juana, mandó pedir a mi padre para que se sumara con sus hombres a la guerra contra los moros. Varios nobles participaron en las escaramuzas: el marqués de Villena, el maestre de Calatrava, el conde de Arcos, que yo recuerde, e intervenimos mi hermano Enrique y yo. Éramos tres mil hombres a caballo y más de diez mil a pie. Entramos en la vega de Málaga y logramos que los moros huyeran de Estepona, villa completamente despoblada que entregó al marqués de Villena, Juan Pacheco. Después, mientras el rey pasaba a Ceuta y a Tarifa, nosotros regresamos a Vejer. Fue cuando me contó que allí estaba mi madre, a quien visité en el castillo. La hallé más tranquila de lo que pensaba, en un aposento enorme, rodeada de almohadones. Comía acedías y me dio a probar. Tenía predilección por ellas, su manjar.

Jamás me había detenido yo en los cuencos de mi madre. Tenía los ojos de mirada rotunda, tan cerca de la miel en los días claros y tan cerca de la avellana cuando el sol dejaba de pestañear.

Me contó sobre las rencillas que había tenido con mi padre. Duró poco la charla y me dijo que regresaría a Sanlúcar en algún momento. Estaba acompañada por Abla, que escondía la desgracia sucedida a mi madre detrás de esos ojos medio rasgados que impresionaban.

Expresé luego mi disgusto ante mi padre, pero con el respeto necesario y las palabras justas. Pareció comprenderme. Su actitud había cambiado y noté que quería de nuevo arrimarse a mi madre. Me dijo que el rey vendría unos días a Vejer y, por ello, prefería tenerla cerca de él, antes de regresar a Sanlúcar. «Es hora de que asumáis el oficio de mucho provecho, que es el de atender mis atunes y mis vinos, claro, con la ayuda que necesitéis de los peones que están a vuestro servicio. No me fío de nadie en estas labores, sino de un hijo mío. Mi vida dependerá de él. No quiero morir envenenado», expresó. Acepté el encargo y le dije que era un gran favor que le hacía, cuya recompensa era tenerlo vivo. «Viene el rey a Vejer y vos tendréis que partir a la costa a organizar su visita a las almadrabas. Hablad con los mayorales. Debéis ir a Conil». Desde ese día me convertí en la causa de su suerte y sus gustos.

Nada sabía yo de atunes y vinos, pero estaba dispuesto a aprender. No era un criado de la casa, sino el guardián de mi padre y no hubiera hecho menos por él. Sería el copero mayor de su reino andalusí. Cuando se lo conté a mi madre, manifestó: «Lo sé. Me lo ha dicho vuestro padre. Sois ahora su hombre de más confianza. Creo que os prepara para ser el heredero del mayorazgo. El atún es su negocio sagrado y su comida de todos los días. Y el vino, su mayor celo». Luego me abrazó y, en su forma más natural, agregó: «En la pesquería aprenderéis a conocer los atunes, más que a vuestro padre. Son mejores animales».

Se quedó pensativa y agregó: «No olvidéis que come atún con piparras, que le manda doña María de Arregui, desde San Sebastián». Estaba alegre y por mis ojos pasó un fugaz lloro. No por las lágrimas que a veces provocan las piparras, sino por lo bellacona que a veces es la vida de mi madre.

El rey llegó a Vejer y mi padre no escatimó esfuerzos ni maravedíes en grandes festejos y regocijos. Después de varios días de celebraciones, fueron a la almadraba de Conil donde yo los esperaba y le enseñamos cómo atrapábamos a los atunes y cómo usábamos el atalaya. Enrique IV se veía diminuto junto a uno de ellos, en la playa, que necesitó de la fuerza y habilidades de diez peones para sacarlo del mar a la tierra y ponerlo en pie. Conoció la torre de Guzmán y observó la carreta enorme para transportar el atún. Estuvo, también, en la chanca donde se desangran, se cortan y se salan los atunes. Las piezas, después del ronqueo, que se depositan en barriles, eran de todo género. El rey lucía contento y mi padre, orgulloso. Contó al rey de Castilla que desde el siglo XIII controlaban la pesca del bicho desde Ayamonte hasta Gibraltar, mientras los Ponce de León hacían lo suyo en Cádiz, en una rivalidad de siglos por ser los primeros en el negocio. Cuando terminó la visita, mi padre se acercó a mí con gesto de agradecimiento y me dijo, casi al oído: «Recordad que mi favorito es el atún rojo. Barbate, como este Vejer, es nuestro y tenemos el señorío de las almadrabas de toda la comarca. Tengo buen paladar. Entre Tarifa y Conil, pasando por Barbate y Zahara, se encuentra el mejor atún rojo. Jamás me engañéis». Lo miré y le expresé: «Soy honrado, padre. Cambiar vuestro atún me ofendería y no tendría vuestro perdón».

Regresé a Vejer y mi padre marchó con el rey a Sevilla donde hubo justas y torneos. Cuando volvió a la villa, después de haber intervenido con Enrique IV, en lucha contra los moros en Jimena, llegaba exultante: «He ganado en Sevilla el torneo al marqués de Villena. Los Guzmanes tenemos el arrojo y la gracia, ambas cosas necesarias para defendernos y atacar».

Pocos días más tarde, todos notamos que no llegaba la noche. La luz de un cometa impedía el cambio de luna y el calor era insoportable. Una partera dijo que nacería el demonio, mientras el alcaide echaba la culpa a los moros. «Es una maldición», afirmaba. Mi padre, extrañado con el suceso, buscó refugio en mi madre. «Por amor de Dios, no me digáis que faltan caderas en Vejer», le dijo ella al verlo llegar el séptimo día de luz. «He sabido que Beatriz os acompaña en vuestras salidas a combatir. ¿No os basta?». Mi padre escuchaba la arrogancia de mi madre entre alelado y enamorado. «Son cosas de la guerra», respondió sin ganas. «¿Y quién le da de mamar al niño de esa soldadera?», preguntó ella. Mi padre le dijo que se alimentaba de miel cuando faltaba Beatriz, y que, también, le había puesto a su servicio una ama de cría. «¿Y qué hay de doña Juana? Casada con un impotente, que no debe saber qué es mamar». Mi padre, ya molesto, le dijo: «No tenéis bondad, Urraca Micaela. Doña Juana es una gran mujer, aunque siga entera». Mi madre tomó distancia y le arrojó una pregunta nada inesperada si se trataba de ella: «¿Le falta cadera y se embute lana?». Mi padre recorrió la estancia y le dijo: «No tengáis celos de la reina. Solo os amo a vos. Jamás yací con ella». Mi madre insistió: «También podéis amar sin tocar». Mi padre le repitió: «Solo os amo a vos. Estad segura».

Mi madre se hizo la sorda, pero al instante cayó rendida ante mi padre, como mil veces antes. «Quien quiera que seáis, jamás logro ponerme a salvo de vuestras intenciones», le dijo ella. «¿Me lleváis de una vez a la cama?», le preguntó, mientras se desnudaba de pie, con locura estremecedora. Durante cuarenta y siete días a la luz del cometa, sin noches para dormir, mis padres entretejieron una claridad del amor ardiente, suplicante y en ocasiones aguijoneado por historias de pasión del linaje de los Guzmanes.

Mi padre, en uno de esos días, le contó la vida de nuestra abuela, María Coronel, la mujer de Guzmán el Bueno. Ella vivió la larga ausencia de su marido en Sevilla mientras él prestaba sus servicios guerreros en Fez a favor del sultán, como muchos guerreros cristianos de esos años. La soledad la llevó a pasar jornadas de entusiasmo carnal consigo misma. Cuentan que, necesitada de placer, introdujo en su vagina un tizón encendido, con tal de mantenerse fiel a su esposo, aunque había hombres alrededor dispuestos a satisfacerla. «Podría haberlo apagado antes», comentó mi madre.

Otro día mi padre le narró el origen en los pechos del apellido Coronel. Un rey se había enamorado de la mujer de un caballero, que siempre estaba a su lado y así no podía expresarle su amor. Ella, señora recatada, temió lo peor la mañana en que el rey mandó a su marido a negociar fuera de la villa. El rey le anunció, a través de un lacayo, que la visitaría al mediodía. La mujer, perfectamente engalanada, lo recibió, aunque mostraba cierto aspecto doloroso en su rostro. El rey quiso acariciarle los senos, pero ella lo frenó y se mostró desnuda hasta la cintura. En carne viva, sus pechos enseñaban ampollas y sangraba por los pezones. «Tengo lepra», le dijo, y él salió a toda prisa, asqueado. Más tarde, la mujer visitó a la reina y le contó lo sucedido. La reina se quitó la corona de la cabeza y la puso en la de la mujer, mientras le aseguraba: «Vos merecéis corona y debéis ser llamada coronada». De la mujer casta y coronada, nos viene a todos sus descendientes el Coronel. Mi madre cobró aliento y dijo: «Solo yo, entre todas vuestras mujeres, he sido casta». Mi padre se maravilló y dijo: «La mujer honrada duplica su encanto, dice el Eclesiastés. Y el encanto es vuestro don». Mi madre no pudo contenerse y le comentó: «Es que ni la Molinera lo ha sido». Mi padre se sobresaltó. Y ella le contó que le habían llegado rumores según los cuales Isabel de Meneses tenía un amante en Moguer.

Mi padre dudó por ello de dejar el mayorazgo a Enrique, mi hermano de dieciséis años, el primogénito. Ahora temía que la fortuna familiar terminase expoliada por ese amante peregrino de Isabel. No se podía fiar. Cuando finalmente reapareció la noche a los cuarenta y siete días de plena luz, mis padres abandonaron Vejer y marcharon a Sanlúcar. La noche vengaba la lujuria.

SANLÚCAR DE BARRAMEDA

Mi madre se enteró pronto de que había aparecido un niño recién nacido de nombre Álvaro, hijo de mi padre y de una mujer de Tarifa, que había conocido en Alcalá la Real. Los gritos de mi madre eran cólera viva y se presentó en el viejo alcázar. «Es verdad y eran sobras de un conde cuando fuimos a luchar contra los moros porque Beatriz no me acompañó en esa ocasión. No os pido perdón ni disculpas», dijo mi padre con simpleza humillante. «Si me amáis así, así os amaré yo». «¿Es una burla?», preguntó mi madre, iracunda. «Ya veo. Sois un asno». Ella tomó el mandoble del viejo conde de Niebla y lo blandió frente su cara. «¿Queréis que os castigue de nuevo por desafiarme? Bajad el arma». Casi invisible, mi madre tiró el mandoble al suelo y huyó de la batalla, mientras lo señalaba con el dedo: «Adúltero de los adúlteros. Puto mamporrero. Vuestro cielo será el purgatorio», a lo que mi padre respondió con una mueca de terror: «Jamás he holgado con mujer de otro. No soy ningún adúltero. Puto, tal vez. Pero ya veréis como os castigo. No admito vuestra bajeza».

Todos habían escuchado los gritos de guerra. Mi padre, días más tarde, en venganza, obtuvo confirmación del rey de la dignidad futura de duque de Medina Sidonia para mi hermano Enrique. Se lo hizo saber a mi madre, cuya censura apedreó las ventanas del aposento de mi padre en el viejo alcázar, mientras una criada le preguntaba: «¿Por qué lo haces?». «Porque el alcázar me ha apedreado a mí», respondió. En ese momento mi padre y yo íbamos a mitad de camino, a Sevilla, a la boda de mi hermana Teresa, junto con mis hermanos Lorenzo, Enrique y Alfonso.

Teresa llevó una dote de doscientos cincuenta mil maravedíes y mi padre le entregó Ayamonte, Lepe y la Redondela con todo el poder señorial que ello significaba. Él, finalmente, había ignorado por completo el legado de su padre y vengaba de paso la conducta grosera de mi madre. Os contaré las palabras que quedaron escritas en un documento que reposa en el viejo alcázar y que ella sabe de memoria.

El padre de mi madre, Alfonso de Guzmán y Castilla, había recibido en 1396 de su padre, Juan Alonso de Guzmán y López Osorio, Lepe, Ayamonte y La Redondela para evitar que quedara desamparado, pues su hermano mayor Enrique de Guzmán y Castilla recibiría el condado de Niebla. El primer conde de Niebla le pidió fervientemente a su hijo Enrique que respetara la decisión. «Rogó y mandó a don Enrique Alonso de Guzmán su hijo que no le perturbase, ni quitase; pues que él le dejaba acrecentado el condado de Niebla de más de lo que heredó de sus antepasados». Enrique respondió: «Señor y padre mío: yo veo bien que las villas y ciudades de Ayamonte, Lepe y La Redondela me vienen a mí de derecho; pero más quiero cumplir vuestro mandamiento que a todas las villas y ciudades del mundo». Esta era la razón y toda la razón para que mi madre se sintiese dueña de esas villas, que mi padre le arrebató.

Enrique, un hombre cortés, gracioso y siempre bien ataviado, cumplió fielmente la solicitud del padre, pero el mío contemplaba un orden diferente. Desafió a su tío. Alegaba, ante quienes le recordaban la decisión, que en ningún momento ese legado favorecía a sus descendientes. Y contó que la idea de ayudar al hermano nada tenía que ver con el desamparo, ni mucho menos, sino quería dotar de patrimonio a su hijo menor porque tenía previsto casarlo con Leonor López de Stúñiga, hija del justicia mayor Diego López de Stúñiga y así asegurar el poderío de esa rama de los Guzmanes en Sevilla. Pero Alfonso no acabó por aceptarla como su mujer y se fue a vivir con Mencía Suárez de Figueroa, entre voces de escándalo. Procrearon cinco hijos, entre ellos a mi madre.

Los Stúñiga entendieron como un agravio que Alfonso no cumpliese matrimoniar con Leonor, y desde entonces, buscaban la manera de alejarlo del poder sevillano, que se disputaban con los Guzmanes. Por su deseo de no confrontar a los Stúñiga, Enrique, segundo conde de Niebla, se puso en contra de su hermano Alfonso, el padre de mi madre. Enrique se quejaba de que su hermano no acudía a casa ni le debía el respeto que merecía como hermano mayor y conde de Niebla. El apoyo a los Stúñiga fue para Alfonso una demostración de que, aunque ante el lecho de muerte de su padre Enrique le habría prometido salvaguardar los derechos que le correspondían a su hermano, pensaba quedarse con Lepe, Ayamonte y La Redondela. Pero no fue así. Cumplió su palabra.

Ante la muerte de Enrique, el segundo conde de Niebla, muerto en Gibraltar, mi padre decidió poner en papel lo que tanto había soñado: anular las cesiones de Lepe, Ayamonte y La Redondela a favor de su tío. Según él, no obraba como un usurpador de las villas de su tío, sino daba cumplimiento a las palabras de su padre cuando dijo «me vienen a mí por derecho». Y ese fue el comienzo de la guerra entre los Guzmanes.

Durante la boda de Teresa, mi hermano Enrique, hijo mayor de la Molinera, con quien yo ya tenía una grata relación, observó a mi padre, contento con los oficios matrimoniales, y luego me dijo: «No os preocupéis. Si heredo el mayorazgo y me convierto en el segundo duque de Medina Sidonia, os doy la seguridad de que jamás os abandonaré. Sois mis hermanos».

Mi madre, mientras tanto, resistía turbada los atrevimientos de mi padre y no se vencía ante la desdicha. Aguardaba nuevos sucesos que favorecieran sus pretensiones.

La sorpresa no tardó en llegar.

SEVILLA

Mi padre recibió una visita inesperada de su hermana María en Sevilla. Era hermosa como todas las Guzmanes, pero solían moverla instintos imprevistos que él no sabía reconocer y lloraba cuando no veía cumplidos sus antojos. El viento a favor que corría pareció esfumarse de repente. Después de darle un beso, se sentó en una silla del primer patio. Observó a su alrededor y trató de levantarse cuando quiso hablarle a su hermano, pero se quedó recostada en la silla.

«Decidme», le expresó mi padre. A ella se le turbaron los ojos y habló. Le reclamó, con las manos cruzadas, las rentas de Lepe, Ayamonte y La Redondela. «Esas villas no son mías. Pertenecen a mi hija Teresa después de su matrimonio con Pedro de Stúñiga». María le explicó que eran de todos los hijos de su padre y él había abusado y las había tomado para sí y luego se ha las había pasado a su hija Teresa. «Acudiré a la justicia, Juan, porque por derecho también me corresponden a mí. Vuestra decisión de quitárselas al tío Alfonso ha estado muy bien, pero debieron haber retornado a todos nosotros, los hijos de Enrique. Os lo pido encarecidamente». A mi padre se le hinchó el rostro y le rogó que no hubiese pendencia entre hermanos. María se puso en pie y le dijo: «Ya veremos», mientras sus cándidos pies la dirigían hacia el portal. Mi madre se regocijó con la noticia que yo mismo le di. Se apresuró a darse la bendición.

Encontré a mi padre apesadumbrado. Temía un fracaso. Me preguntó por el vino y le dije que le tenía el mejor. «¿De dónde lo sacasteis? ¿Quién os ayudó?», preguntó sin levantarse. «Es de vuestras viñas». En esto salió un vasallo, llamado Ramico, con tres jarras. «Que no sean más desdichas», comentó. «Ni tinto bastardo ni vino atabernado ni vino crudo. Que sean de toneles buenos, de barricas grandes». «Bastardo yo», pensé, mientras le señalaba las jarras. «Me ayudó Pedro Santacecilia, el judío amigo vuestro, con los vinos de Arcos; y Albertus el Cojo, con los de Sanlúcar y los de Jerez». Asumió una buena disposición con los nombres mencionados, todos de su franca confianza.

Santacecilia, de pelo atado y barba blanca, pertenecía a una familia que desde hacía más de un siglo estaba dedicada al vino. Una parte se la bebía, otra la compartía con amigos y la mejor era enviada a mi padre. Es un hombre de locuaz generosidad. Sus gentes siempre habían contado con la gratitud de mi padre. Les hacía menos dura la vida cuando a los judíos se les perseguía, pero siempre los invitaba a convertirse. «Es mejor pelear con un ejército de enemigos. Los amigos buscan traicionar y, para beneficiarse, suelen delatar a los amigos. Con tales afectos, ¿para qué trabajar cada día? Pero si no os fuisteis a otros lugares, debéis convertiros. En Sevilla los delatores cobran. Aquí no hay quien no cobre». Mi padre protegía las aljamas de Lepe, Sanlúcar, Rota y Niebla, porque le aseguraban el comercio, el abastecimiento a sus vasallos de ropa de vestir, de cama, paños, cuero, cera.

El vino de Santacecilia, decía mi padre, no contradice la cabeza.

Albertus el Cojo, hombretón de buen seso y gran corazón, había perdido una pierna en la batalla de La Higueruela, donde triunfaron los cristianos. Sabedor de vinos, lanzaba por los ojos expresiones de suspiro cuando se deleitaba con la buena bebida. Había nacido en Jerez y conocía cada viña de las Andalucías como nadie. Cultivaba sus viñas predilectas en nuestra tierra, en la otra banda, de donde salía el mejor vino del mundo, según mi padre. Su quehacer con la uva recogida era un secreto que no revelaba a nadie. Lo había heredado de su padre José, que le había enseñado el oficio. Parecía un alquimista y hasta medía la fuerza de los vientos y la sal que consumían las viñas. Les cortaba la cabeza a los ratones con un cuchillo que llevaba con él. Vendimiaba a la luz de la luna y echaba los frutos en grandes bolsas de esparto que cargaba a las espaldas, como peso de felicidad. Cataba cada gota antes de entregar el vino para consumir. Hacía una bebida hechicera y tiraba al río aquella que no le gustaba.

«Para la boda de Enrique llevad el de Sanlúcar y el de Jerez, y ahora me servís un poco del de Sanlúcar. El de Arcos que vaya a Medina Sidonia. Bebed conmigo». Mientras me anunciaba la boda de mi hermano Enrique a la edad de 22 años, bebía a sorbos largos y me enseñaba a hacerlo sin atragantarme. «Los sorbos cortos son para las damas», decía. Habíamos bebido dos jarras y no se daba cuenta de ello. «Contadme a qué os sabe», me dijo. Probé un sorbo largo. «Padre: es como si hubiese pasado por el fuego y se hubiese quedado impregnado del olor a leña. Me sabe a palo quemado y la lengua recoge cierto sabor salífero». Me observó y agregó: «Es porque las viñas crecen al lado de la playa».

Mientras bebía, su cabeza se convertía en un depósito de gracias. Me dijo antes de marcharse a la siesta sin haber comido: «Tenemos que conocer a Séneca». Luego, al rato, vi que leía en la biblioteca con un sanluqueño en la mano, una manzanilla de alivio y alegría, que también le preparaba el Cojo. «Así no vais a entender nada», le dije. Levantó la cabeza y me respondió: «Pero qué bien danzan las palabras».

Mi padre se había encargado de organizar un matrimonio de valía. Mi hermano Enrique casó con Leonor de Mendoza. Era la tercera hija de Per Afán de Ribera, Adelantado de la Frontera, hombre muy rico, y de María de Mendoza, condesa de los Morales, hija de Iñigo López de Mendoza, marqués de Santillana y de Catalina Suárez de Figueroa. Os repito. No os confundáis con tantos nombres. Es solo para que veáis cómo nos casábamos unos con otros y se multiplicaban los parentescos sin cesar. Así las fortunas se dividían menos y la suerte de los linajes mejoraba las casas. Era la estratagema.

La boda, a la que acudí con mi padre, fue una celebración que removió los cimientos de Sevilla, además de remojar los labios andaluces con el mejor vino de Sanlúcar, que yo mismo me había encargado de que no fuese a faltar. Se bebió en demasía, hasta la borrachera de unos cuantos caballeros, que me pedían que les enviara unas cargas a sus viviendas. El Cojo cumplió sus deseos y, como no aceptaba los odres vacíos, les dio en posesión vino para varios años, ante los suspiros de mi padre, admirado por la compostura de sus vinos sanluqueños.

«El secreto está en sonreírle a la uva», dijo. «No creo, padre. El secreto está en que la uva le sonría al viñador».

Los Afán de Mendoza tenían muchas casas, tiendas, tierras de cereal y olivares. En su familia estaba la posesión de Alcalá de los Gazules y jugaban a las intrigas del poder en las Andalucías. Per Afán llevó en dote por su hija un millón de maravedíes y aseguraba una feliz alianza con los Guzmanes, el linaje más señalado del reino de Sevilla. Bien satisfechas quedaron ambas casas.

MEDINA SIDONIA

PEDRO de Rejas, uno de los hombres de mi padre, lo invitó a su casa en Rota. Él acudió y, poco acostumbrado a la comida abundante, se excedió en vino, lechones y torreznos asados. Luego se atragantó con almendras, aceitunas y quesos. Doña María Teresa de Mateo, la mujer de Pedro, le rogaba que parara porque conocía su frugalidad. «Os vais a enfermar», le dijo, pero mi padre, atolondrado por tanto vino, pareció no escucharla. Al regresar al viejo alcázar, se sintió mal y debía marchar a Medina Sidonia, a la fiesta del Corpus Christi, donde era esperado. Más de trescientas personas aguardaban su compañía y no tuvo más remedio que enviar una representación en su nombre. Nos ordenó a sus cuatro hijos mayores que fuéramos. Aceptamos a regañadientes por la prisa que nos metía y partimos hacia allí Enrique, Alfonso, Lorenzo y yo, un día antes de la procesión.

Nos encerramos en casa de mi padre, donde jugamos cartas y dados. Después de comer, aburridos, mi hermano Lorenzo tuvo una de sus ocurrencias. Pidió al mayordomo que nos atendieran en las caballerizas y nos llevasen a la vereda de los toros. «El mayordomo es un hueso», dijo después Lorenzo. «Según él, está muy ocupado con la fiesta del Corpus. Así que tendremos que hacerlo solos». Después tomamos unas telas negras, que podían envolvernos a cada uno. Caminamos hasta donde estaban los caballos y escogimos cuatro de ellos, todos negros. Mi hermano llevaba pólvora que había en la casa de mi padre y salimos a buscar un toro negro. Durante un rato, corrimos detrás de varios y, cuando había oscurecido, llevamos a uno lombardo hasta la entrada de la villa y Alfonso le ató el paquete de pólvora a los pitones. Prendimos fuego y el animal, enloquecido, con la cabeza iluminada, corrió bravamente por las calles de Medina, mientras nosotros le seguíamos en los caballos, envueltos en las telas negras, salvo los ojos que dejamos descubiertos. Los moradores salían de sus casas, aterrorizados, y veían pasar al toro y a nosotros detrás. Lorenzo gritaba desde su caballo con voz tronante: «El diablo está aquí». El jaleo abrazó a todos los vecinos, que nos impartían bendiciones, como si fuera un ejercicio de exorcismo eclesiástico. El toro no paraba de dar vueltas por cada esquina de la villa y subía y bajaba por entre las calles, mientras Lorenzo nos decía: «Observad el llampío en la cabeza del toro. Sigamos la fiesta». Enrique dijo que lo dejáramos ya y Lorenzo le gritó: «Nanai. ¡Mariconería, mariconería! ¡Enga ya!». La gente se encerraba en sus casas a cal y canto para que no entrara el demonio. «Son pastasmas», decía uno de los vecinos, ante la visión fantasmagórica del paso por su ventana. El ímpeto cesó cuando el toro corrió fuera de la villa y lo perdimos de vista. A lo lejos solo se veía una llamarada. Volvimos veloces a la vereda a guardar los caballos y luego, entre carcajadas, nos fuimos a dormir, agotados por la cabalgada. Lorenzo se despidió antes de ir a la cama: «Hemos montado un cristo. Hemos picado a los vecinos. El toro piteaba como ninguno. Vaya bulleo».

Amanecía cuando el mayordomo nos despertó: «El alcaide quiere verlos. Está aquí». Salimos juntos y nos dijo: «Eran los caballos árabes del duque don Juan. Lo he confirmado. He ido a la medianoche hasta la vereda y había cuatro aún empapados en sudor y al lado de uno de ellos encontré una tela negra, también sudada, como esta, que acabo de ver en el rellano». Enrique tomó la palabra: «Pedimos perdón, alcaide, no teníamos malas intenciones». Convenía huir, pero el alcaide dijo que regresaría más tarde porque teníamos que pagar por la culpa y nos dejaba a dos hombres delante de la puerta. «Cuando mi padre se entere –dijo Alfonso– nos decapitará. Y cuando se sepa en Sevilla, los Guzmanes se avergonzarán de nosotros. El Corpus Christi está vinculado a nuestro linaje. Hemos estropeado la fiesta grande».

Al rato, regresó el alcaide, acompañado por el cura, que aparecía con desenvoltura, y le dijo a Lorenzo: «Has de saber que jamás esperábamos algo así de un fraile. Si no fuese por tu padre, te acusaría ante el arzobispo y el mismísimo papa». Lorenzo se echó dos pasos hacia atrás, mientras el cura nos sermoneaba: «Hacer esto la víspera del Corpus es cosa de niños; no de señores. Todo pecado tiene su castigo». Nos dijo que seríamos los cargadores durante la procesión para pagar la culpa y, en vez de una vez, recorreríamos el pueblo dos veces y vestiríamos como profetas con nuestros nombres grabados en la ropa.

Y así fue. Bajo un sol inapagable, cargamos en andas la Eucaristía, en un arca de madera, mientras unos niños, disfrazados de ángeles y serafines, danzaban a nuestro alrededor. La gente se arremolinaba y más calor y cansancio sentíamos. Panderos y castañuelas animaban al baile y el público coreaba unas letrillas de escaso entender. El arca de madera parecía pesar más que un atún recién salido del mar. Detrás de nosotros venían el cura, caballeros de la villa y las autoridades. El cura, de repente, cuando nos vio casi de cuclillas, expresó con burla: «Hemos vencido al demonio».

Estábamos como desmayados.

Terminada la procesión, el alcaide y el cura nos dijeron que comeríamos. Nos extrañó la cortesía después de todo lo que había sucedido. Puesta la mesa, nos sirvieron conejo con alcaparras y bebimos una especie de vino que no reconocí. Nuestras tripas daban señas de poco gusto. Al rato, debimos salir de prisa a los patios del fondo. Nos habían dado un vino cagalón como castigo final.

«Nos ha hecho pasarlas putas», dijo Lorenzo cuando el cura se despidió de nosotros, mientras el alcaide nos observaba con rostro de puño. A esas horas, ya mi padre se había enterado de las noticias de Medina Sidonia. Exclamó, enfurecido: «¡Son unos carajotes! ¡Merecido lo tienen! Ninguno es digno de ser el duque de Medina Sidonia».

GIBRALTAR

Mi padre nos volvió a reunir a Enrique y a mí en el año de 1466, poco después del matrimonio de mi hermano y después de hablar con Patricia de Romero. Por su seso –no por el de Patricia, sino por el de mi padre– rondaba Gibraltar, esa villa que nos rehuía y que tantas desgracias no había provocado. Era como una estancia en la penumbra que no se dejaba penetrar por la oscuridad de sus callejas infranqueables y unos calabozos miserables y sucios con momentos de grito y muerte, entre centinelas de nacimiento torvo. Mi hermano Lorenzo alcanzó a enterarse del propósito, mientras se formaba como clérigo y ofrecía rezos y cantares en su celda monacal para que el ataque sobre Gibraltar redimiera a los Guzmanes. Mi madre alabó la decisión y sobre todo mi intervención en la empresa.

No era una campaña contra los moros, sino contra Beltrán de la Cueva, valido del rey Enrique IV, de quien se decía que era el padre de la llamada Beltraneja, Juana de Castilla, supuesta hija del rey y Juana de Portugal, a quien mi padre había recibido en Badajoz y le alimentaba sus ansias seductoras. Era él el dueño de la plaza por entrega del rey, junto con la villa de Jimena.

Pero quien reinaba ahora no era Enrique IV, el Impotente, sino Alfonso, su hermano, tras la claudicación de Enrique por los enfrentamientos con los nobles y los malos servicios de Beltrán de la Cueva a su reinado. Mi padre había recibido mensajes de Córdoba, desde donde Patricia de Romero le sugería pasarse rápidamente al bando de Alfonso, si quería a Gibraltar bajo su mando. No la desoyó y se dotó de buena gana y ánimo para conquistar la esquiva plaza.

Fuimos con hombres que llegaron de Jerez y cercamos la villa. Logramos que el alcaide se rindiera ante nuestro asedio de más de dos meses. Lo apresamos y lo llevamos a Vejer, mientras mi padre nombraba de alcaide a Pedro de Vargas, amigo suyo.

Tras la conquista final de Gibraltar, cuando ya había anochecido, y entre candiles que alumbraban nuestros rostros, mi padre se soltó en lágrimas, como los mismos cielos que lanzaron al tiempo una tormenta de agua y viento. Y dijo en palabras que jamás olvidaré: «Hemos honrado a nuestros antepasados. No ha sido menester que alguien del reino de Castilla nos dijera lo que teníamos que hacer. Ha sido nuestro propio deber y el grande honor de los Guzmanes los que nos han dado las señales para venir al gozo de esta tierra, con buena cuenta y contento de Dios. Nuestra determinación rinde culto sagrado al fundador de la estirpe, Alonso Pérez de Guzmán el Bueno, cuya muerte acaeció en 1309 en su empeño por recuperar Gibraltar, y rinde culto al conde Enrique, mi padre, malogrado cuando las aguas lo ahogaron en 1436 en su intento de devolverle Gibraltar al reino de Castilla. Poneos de rodillas, Enrique y Urraco, y miradme a los ojos. Os hago caballeros en esta tierra donde vuestros antepasados vertieron su sangre, tributaria del celo conquistado por vuestra gracia».

No bastaba la conquista. Mi padre requería el reconocimiento real. El rey Alfonso falleció y Enrique recuperó la Corona. Mi padre había hecho una sólida amistad con él y habían combatido juntos contra los moros, aunque siempre vio con malos ojos el poder y la influencia de Beltrán de la Cueva sobre sus decisiones. Juana de Portugal, además, le insistió a su marido y el rey confirmó el privilegio sobre Gibraltar. «No basta el privilegio», le dije luego a mi padre, que me observó con mirada suspensa, como el aire que recorría la estancia. «Debéis, señor, llevar en vuestras armas las llaves de Gibraltar». Sin hablar, se dirigió hacia su escudo y determinó solicitar la merced. «Nuestro linaje lo merece», sentenció. «Esto dice mucho de vuestra honra», agregó y, con presteza, se preguntó a sí mismo, en silencio, si no debería ser yo el sucesor del mayorazgo. Esta duda repentina, que me comentó tiempo después, lo llevó a buscar a mi madre luego de que pasamos unos días en Tarifa.

TARIFA

CAMINO de regreso desde Gibraltar, quiso mi padre que nos detuviéramos un día y una noche en Tarifa. Fuimos recibidos como reyes, pues los Guzmanes, desde nuestro abuelo, éramos conocidos en la villa por las hazañas guerreras. La fama era casi la insignia del abuelo, cuya leyenda era sabida en todo el reino de Castilla y sus alrededores.

Al llegar, mi padre se abrazó con varios caballeros del lugar, con quienes tenía la ventura de compartir muchos combates y hondas circunstancias. Decidieron, como bienvenida, acompañarnos al castillo y narrarnos los sucesos del pasado. Uno de ellos tomó la palabra desde antes de cruzar la gran puerta. Pidió luego que entrara mi padre, seguido por Enrique y yo, y, tras nosotros, los principales caballeros de Tarifa.

La grandeza del castillo se imponía sobre un mar que bañaba las costas africanas. Después de recorrer los recintos y asomarnos para ver el horizonte desde distintos ángulos, alcanzamos la torre llamada Guzmán el Bueno por los lugareños.

Entonces el caballero nos contó la historia. Tarifa estuvo en manos de los benimerines, cedida por los granadinos, hasta cuando el rey Sancho IV de Castilla cercó la villa en 1292 y logró la rendición de sus poseedores. Para el rey, Tarifa, como Gibraltar, era lugar de pretensiones por su posición en la geografía, vértice de mares. Asaltar sus murallas era obligado pensamiento de cuantos imperios musulmanes existían. Cuentan que nadie dormía allí por el temor a una ocupación repentina y que el sueño no tenía cabida ni en la noche ni en el día. El descanso jamás correspondió a las necesidades de los moradores de allí, benditos por ángeles que sosegaban el cansancio.

Tras la toma cristiana, Sancho IV eligió a nuestro abuelo como alcaide, por la fama que acompañaba sus espadas. Dos años después, los benimerines respondieron con un asedio imprevisto que alertó a las gentes de la plaza. En un descuido y por el camino de la fuerza, capturaron a un hijo de nuestro abuelo, el alcaide Alonso Pérez de Guzmán. Anunciaron que solo lo liberarían si entregaba la villa. Al abuelo le pareció un desesperado deseo, imposible de cumplir. Subió a la torre, vestido a la usanza morisca, desde donde lo observaban las tropas musulmanas, y les habló en árabe, su segundo idioma. Desde lo alto, les gritó: «Si queréis matar a mi hijo, matadlo, porque Tarifa no se rendirá». Desenvainó la espada y la lanzó gallardamente. «Aquí os doy la espada para que matéis a quien más quiero». La algarabía cesó de repente y los musulmanes no parecían entender la lección del alcaide. Su hijo fue sacrificado sin piedad alguna y luego los musulmanes, trabados por el desastre de su asedio, embarcaron y abandonaron Tarifa, rumbo a las costas norafricanas. Alonso Pérez de Guzmán se llamó desde ese día, por su hazaña ejemplar y sincera, Guzmán el Bueno. La leyenda recorrió los confines de este mundo.

Noté que Enrique había soltado unas lágrimas que cayeron sobre la tierra del peligro, sobre la tierra donde jamás se posó dos veces la misma ave. Recogió del suelo una piedrecilla que siempre conservó como amuleto de la buena suerte. Terminada la historia del castillo de los Guzmanes, como lo llamaban en todas partes del orbe cristiano y musulmán, se celebró una misa por el alma del abuelo y su hijo sacrificado. Mi padre, con voz doliente, nos dijo: «Buscad el peligro para haceros más valientes».

De allí partimos a la posada de un caballero, a menos de media legua del castillo, rodeado de olivares. Las mozas y los criados, que habían puesto la mesa, nos hacían señas para que nos sentáramos. A mi padre le asignaron la cabecera. Con poco discurso, el caballero dio la orden de servir. Unos a otros se miraban a la espera de las viandas, mientras bebían vino. El cumplido llegó cuando de la cocina salió el atún rojo en bandejas, pasado unos momentos por leña viva. Mi padre abrazó al anfitrión: «Habéis servido el cielo y os agradezco. El mejor atún rojo de este reino», dijo después de probarlo, mientras agregaba entre risas: «Casi tan gustoso como el mío de Conil». Enseguida brindamos, hermosamente agasajados, y retomamos el camino de vuelta. Mi padre regresaba, feliz, con más de cien trozos completos de atún rojo cubiertos de sal.

SEVILLA

«Yo habría pedido un manojo de llaves», dijo mi madre cuando mi padre le relató lo sucedido en Gibraltar. «Urraco, con su idea de llevar en nuestras armas las llaves de nuestro Gibraltar, le ha sacado ventaja a Enrique. Ha hablado con espléndida inteligencia», le comentó mi padre. «Os debo confesar que lo he imaginado como segundo duque de Medina Sidonia y he repasado el testamento que libré hace unos meses». «¿Qué testamento?», preguntó sorprendida mi madre, que mudó de súbito el carácter por el suceso informado.

Mi padre contó que en el testamento otorgaba el mayorazgo a Enrique y le dejaba la responsabilidad sobre sus hermanos. Algo así puso: «que los crie e haga bien y merced e los trate como hermanos, pues que habiendo ellos edad le servirán como la razón a ellos les obliga». Mi madre aguantaba la ligereza del testamento y le manifestó: «Vaya hermosura de testamento, Juan. Guarda decoro. Ni siquiera tiene nombres». Mi padre le dijo que podría corregirlo y el testamento podría cambiarse en cualquier momento y lo haría en la ocasión precisa. Mi madre asintió armada de paciencia y le pidió no despojar a sus hijos de sus derechos.

«Enrique es un buen muchacho, me ha dicho varias veces Urraco, y a nuestro hijo poco le importan las mercedes». Mi padre, pensativo, vio prudencia en mi madre por primera vez cuando se trataba de defender a los hijos. Pero, en el fondo, ella aún creía que yo debería ser el heredero del mayorazgo.

Continuaban la plática cuando tronaron las puertas del viejo alcázar y se presentaron dos caballeros para avisarle a mi padre que su yerno, Pero de Stúñiga, había secuestrado y encerrado a su hija Teresa en el castillo de Triana. Se despidió de mi madre, que de pronto exhalaba furia, y salió hacia Sevilla, acompañado por una veintena de hombres. Llevaba el corazón incendiado porque Teresa era su riquísima bendición y no podía permitir que el hombre abusase de ella. «¿Qué razones tiene Stúñiga para hacer lo que está haciendo?», preguntó mi padre en el camino. «Os traiciona porque dice que vos beneficiáis a los moros, al igual que el rey Enrique, que se rodea de ellos, que aceptáis que se den cargos a personas inhábiles y que protegéis a los conversos en Sevilla. 'Putos judíos', dicen los seguidores de Stúñiga. Lo apoya Ponce de León, el conde de Arcos, vuestro viejo rival».

Mi padre se había encargado de dar refugio en sus villas, incluida Gibraltar, a los conversos que fueron instigados en Sevilla por aquellos días. Alguno fue criado suyo y no menos de cuatro mil pasaron a los lugares destinados por él. En Sanlúcar casi la tercera parte de los moradores eran cristianos nuevos de origen judío, convertidos a solicitud suya. El recaudador mayor del ducado fue uno de ellos, por su habilidad para manejar dineros.

Mi padre llegó directamente al castillo de Triana. Amenazó al yerno con ponerlo bajo la horca si no se rendía y le reclamó lealtad hacia el rey Enrique. Pedro de Stúñiga combatía ásperamente y mi padre mandó a sus lombarderos a tumbar todas las torres, menos aquella en la que intuía que estaba Teresa. Finalmente, después de tanto acoso, el yerno se entregó, herido en un costado, mientras mi padre le aseguraba que jamás le perdonaría haber secuestrado a mi hermana. «Vos y yo somos hombres de secuestro», le recordó el yerno, mientras él reaccionaba: «En mí el secuestro es un ardiente halago. No en vos», y luego le dio un golpe en la herida. Cuando rescataron a Teresa, mi padre la abrazó y le pidió que se marchara con él a Sanlúcar hasta que todo se resolviese.

Pero no fueron a Sanlúcar porque mi madre llegó a Sevilla en esos momentos acompañada por mí para hacer pedazos a mi padre. Yo trataba de calmarla, pero ella no mostraba signo de flaqueza y yo temía que le hiciera daño. Parecía una arpía cruel y desventurada. Apenas lo tuvo en frente le dijo: «En vos escasea el seso. Os lo he dicho muchas veces. Entregasteis las villas de mi padre a vuestra hija Teresa y ahora su marido os traiciona, el mismo que se ha beneficiado de Lepe, Ayamonte y La Redondela. Es una infamia. Pedidme perdón, de rodillas, que no os lo concederé». Mi padre, turbado, se arrodilló y mi madre lo abofeteó delante de mí y sus hombres. La aparté y, mientras nos alejábamos, le gritó: «Temo que he sido muy discreta». Cuando nos fuimos, la humillación ya había recorrido Sevilla.

SANLÚCAR DE BARRAMEDA

Mi madre no quiso remediar la humillación causada a mi padre. En balde traté de convencerla, pero sus ansias desbocadas se negaban a entrar en razón. Una y otra vez busqué poner fin a la pendencia sin suerte alguna. Mi padre tampoco perdonaba los hechos, a los que juzgaba de una bajeza miserable. Hablé con él y estaba acongojado, sobresaltado y, sin duda alguna, dispuesto a provocar un grave dolor en mi madre, pero no sabía cómo hacerlo.

Me confesó que la había amado, casi con desespero, y se sentía todavía como un pobre enamorado, cuya pasión se había acrecentado con el tiempo. Era la mujer de su alma, me dijo, que lo llevaba a darse cabezadas contra los sillares cada vez que le negaba compañía o cuando, sin compasión, le arrojaba su cólera a la cara. Le pedí, como hijo, que no vengara la humillación ni la atemorizara y diese olvido al infortunio. Sus vidas no podían ser un constante polvorín, le comenté varias veces, sino debían ser sosegadas, apartadas de la ira. Le dije que procurase la ocasión para limpiar el recelo y las mortificaciones, demonios insaciables, insolentes que deshacían el buen amor.

En algún momento, dijo que el pecado de mi madre era ser codiciosa. «Nunca se conforma con lo que tiene. Quiere la faltriquera llena». Le reprendí de buen talante: «No es codiciosa; jamás lo ha sido. Solo pide lo que por justicia cree que le corresponde». Entonces me contestó: «No tiene mansedumbre». Y le expresé: «Es porque vos la celáis con otras mujeres. Le quebrantáis el corazón. No hay mujer dócil si no hay amor cuerdo».

Sanlúcar era una villa de rumores y palabrería. A mi padre se le veía sin temple, como si un designio negro, movido por una fuerza extraña, quisiera dejarlo tirado por ahí. Le inquietaba la suerte de Teresa y no deseaba perdonar a su marido, cuya naturaleza no era otra que la de fingir simpatía hacia su hija. Eso lo confundía porque no debía apartarlos. No podía entrometerse. Además, como si se presagiara un terrible suceso, percibía señas que se le escapaban, un vacío infinito de esos que mandan sobre las cosas graves.

Todos sospechábamos algo inminente y cercano, una verdad desafiante, con trance mortal. Ocurrió el día en que el río roncaba y rascaba la playa con resabio. Mi padre estaba en uno de los salones del viejo alcázar, enojado porque el vino le pareció amargo y la cantidad poca. Entré y le dije que era portador de una noticia que acababa de recibir al toparme con la voz desencantada de Antón González de Almonte, secretario de mi padre. «María de la Cerda ha muerto, padre», le solté sin aviso. «No irá al cielo porque fue una mujer infame», comentó mi padre, mientras se ponía de pie. Agregó que la noche anterior un criado le había dicho que presagiaba algo que tenía el rostro de la muerte.

«¿Qué haréis ahora?», le pregunté. «No acudiré a su entierro ni veläré su cuerpo», respondió.

Fui a la casa de mi madre y le conté lo ocurrido. «¡Ha muerto la cerda!», exclamó. «Y ha sucedido a gusto de vuestro padre. Ya veréis».

SEVILLA

A los pocos días del fallecimiento de María de la Cerda, mi padre le envió un mensaje al sobrino. Le mandó decir que no devolvería el señorío de Huelva ni sus rentas a la casa de Medinaceli, como lo había pactado con su padre. No devolvería nada porque ella había incurrido durante el matrimonio en adulterio reiterado, probado por la justicia. Logró obtener la aprobación del rey Enrique IV y Huelva quedó así incorporado al mayorazgo de la casa de los Guzmanes. Mi padre se había salido con la suya, tal y como lo había anticipado mi madre.

Ella engendró por esos días más odio porque le contaron que la justicia había dado la razón a Teresa y a su marido, Pedro de Stúñiga, en contra de las pretensiones de María de Guzmán, hermana de Juan, sobre Lepe, Ayamonte y la Redondela. Mantenían, pues, la posesión de las villas y mi madre, viéndose desesperada, le hizo saber a mi padre la vergüenza que sentía al confirmar que los lugares de su propio padre quedaban en manos del yerno traidor. «Es una injusticia manifiesta», dijo ella. Había imaginado que, si la justicia entregaba las villas a María, estaría también en pleno derecho de reclamar al menos parte de ellas.

Mi padre se deshizo en la ausencia de cualquier palabra. Calló con la misma facilidad con que callan los cobardes.

Bien razonadas las cosas, mi madre es una mujer cuyo ingenio atrapó a mi padre. Como ninguna otra, era la patrona de la abundancia de los amores y los infortunios del mismo amor. Los disgustos entre ellos nunca fueron lo suficientemente hirientes como para cubrir de luto la pasión. El aliento de mi madre, de llevar a mi padre a mirarla con locura, parecía señalar el premio.

Ella había visto el campo abierto para mí y creía que mi padre se casaría con ella y legitimaría a sus dos hijos. Era una causa justa, a juicio de ella, que tornaba el desafuero en alegría y la ilusión en piedad. Solo fue un rato de esperanza porque mi padre había estado varios días en Sevilla con Isabel de Meneses, a quien no se le había estropeado el entendimiento y lo había recibido como la primera vez. Callada y ardiente, lo atendió con buenaventura.

La de mi madre fue una ilusión que terminó por mi propia intervención. Un viernes le hablé a mi padre y le rogué que matrimoniara con ella. Me había llegado la hora de mostrar sus sentimientos. Pero mi padre se sacudió: «En ninguna manera –dijo–. Es mi determinación. Casaré con Isabel». Estaba consumido por razones que no me dio y por un semblante que me hizo temer alguna enfermedad. «Urraco: el segundo duque de Medina Sidonia y heredero del mayorazgo será vuestro hermano Enrique. Lo legitimaré con el matrimonio. Pero vos estaréis siempre a su lado. Tened presteza».

Me marché al río. Caminé por la orilla, desnudo de verdades, por la suerte de mi madre. El miedo suspendía mi seso y quería entender los motivos de mi padre para casarse con Isabel. ¿Por qué no mi madre? Muchas razones me embestían, pero yo necesitaba que mi padre me explicara su determinación. Armado de valor, regresé en la noche a su casa y le pregunté sus motivos. Se echó hacia el fondo de la biblioteca, miró los libros y me respondió: «Tanto rencor no cabe en mi corazón. Aunque todavía amo a vuestra madre, más que a Isabel, no puede perpetuar la furia en el linaje. Nuestras serpientes, que veis en el escudo de armas de los Guzmanes, no pueden transformarse en víboras. Nuestras calderas jamás serán un nido de ellas. Vuestra madre está envenenada desde que la secuestré cuando era una niña. Es mi culpa y solo mi culpa».

La biblioteca crujió con sus palabras, mientras yo le decía, bíblicamente: «Es tan grande vuestro aborrecimiento que el odio con que la aborrecéis es más grande que el amor con que la amasteis». Y lloré por dentro, como un gato vencido, con un llanto callado y perdido en la memoria desnuda de mi existencia, en la de mi madre, donde los borrones son de sangre traicionada.

Tuve que enfrentar a mi madre y contarle todo. Estuvo desabrida y me dijo: «Has dejado de ser el duque de Medina Sidonia por mi culpa. La Molinera ganó porque, hinchada de calores a cambio de florines, calló ante las resoluciones de vuestro padre. Pobre Juan: nunca supo casarse con quien debía. Se contentaba con bajarse el calzón. El mal lecho ha sido siempre la perdición de los Guzmanes. La Molinera ha sido la cautiva que le proveyó temido respeto y abierta devoción. Y yo, y yo, Urraco, fui para él el cautiverio de su propia libertad. Fue mi doloroso esclavo. Y esto jamás me lo perdonará. Nadie perdona el amor con excusas de dolor». Calló. «¿Qué te pasa, madre, por el seso?», le pregunté entre el silencio. «Creo que me duele el amor», respondió calladamente. «¿Nunca has llorado de rabia?», le pregunté. «Madre: llora porque el llanto hace pedazos el perder».

El día 15 de noviembre de 1468 el campanario pareció rendirse y las campanas no tañeron. «Todo se hará bien», le dijo mi padre a Isabel. Desde las azoteas vecinas, los hombres se encaramaron en los tejados para ver el humo suspendido sobre la casa de don Juan de Guzmán y Suárez de Figueroa, primer duque de Medina Sidonia. Una estela densa corría por el firmamento, como si obedeciera al clamor de los cielos sevillanos. Mi padre se levantó del lecho, se apoyó en el mandoble y se vistió con dificultad. Isabel, presente desde hacía un rato, tenía su belleza engastada en diamantes y el pelo cubierto con una toca. El cumplimiento de su deseo matrimonial llegó cuando sus dos hijos salieron del aposento y entró el arzobispo. Sin dar más tiempo del necesario, se produjo la bendición, rápida y adornada por siete cirios, de acuerdo con las mandas de mi padre. Cansado, se sentó presuroso, tomó la mano de Isabel y repitió en latín las palabras designadas por el arzobispo, que los felicitó por el casamiento y salió mientras decía otras frases en la misma lengua. El notario llegó enseguida y explicó que los hijos bastardos habían quedado legitimados con el matrimonio y podía cambiar el testamento si prefería. Mi padre dio por válido el que había y pidió a Enrique que entrara. Lo besó en la frente y le reclamó que eternizara el legado del abuelo. Imaginó a Guzmán el Bueno y dijo que así sería. Mi padre lo abrazó encogido por el dolor en el cuerpo que de nuevo lo asaltaba. En un respiro, Enrique prometió el cuidado de sus hermanos.

El día 29 mi padre se quejó de mucho dolor, tendido en la cama. Pidió que viniesen todos sus hijos legítimos y bastardos. A algunos no los conocíamos. «Cada uno decid el nombre», reclamó mi padre. «Soy Teresa», «Soy Juan Urraco», «Soy Lorenzo», «Soy Enrique», «Soy Alfonso», «Soy Álvaro», «Soy Leonor», «Soy Fadrique», «Soy Pedro», «Soy el otro Alfonso». De repente, como a cielo abierto, una voz cálida salió del rincón más lejano del aposento: «Soy el otro Juan de Guzmán y Guzmán». Mi padre, ante nuestra extrañeza, tosió su enfermedad y después dijo: «Sí. Este Juan es hijo mío. Su madre, de Niebla, es mi sobrina, hija natural de un hermano mío, bastardo y cura». No lo conocíamos ni sabíamos de su existencia hasta ese momento, pero tenía clarísimas las señas de los Guzmanes en su duro rostro colorado. Creo que mi padre lo había ocultado desde siempre para no airear las opacas circunstancias eclesiásticas ocurridas dentro del linaje.

«Sois todos Guzmanes», expresó tras la explicación. Luego, como ido del seso, dijo: «Leed a Séneca», mientras Isabel nos desalojaba del aposento para que él se confesara con mi hermano Lorenzo, a quien prefirió en vez de Fadrique, también cura. Hubo una larga confesión y fue ungido con los santos óleos. Contó después mi hermano que le preguntó: «¿Por qué habéis hecho todo lo habéis hecho con las mujeres?». «¿Me preguntáis, Lorenzo, por el mujerío?». Observó el cielo azuloso de media tarde de Andalucía y respondió, convencido de sí mismo: «Por ganas de amor». Estaba claro que mi padre confundía felicidad con placer. Entramos de nuevo al aposento y tomó la mano de cada uno de sus hijos y las besó en silencio. El mandoble recostado a su lado de repente cayó de punta al suelo y el ruido fue el de una estocada final. Mi madre, de rodillas en el oratorio de su casa, sintió el punzón agudo y abrazó un tizón apagado.

Aquí, madre, termino la historia que me habéis pedido que narrara. Nuestro camino ha quedado trazado en palabras y sucesos, unas veces con cordura, y otras, sin ninguna piedad, como ocurrieron las cosas. Os he desnudado con pesar pero con los brazos abiertos y os pido perdón por las heridas que todo tramo de letras puede causar en alguien que nos ha dado la vida. He sido un cirujano a la cabecera de una mujer cuya cura de buena gana te habría dado, pero no tenía el remedio para sanar el alma ni la fuerza para emplear otros medios que hubiesen aliviado vuestros sueños desde el día que mi padre os robó. Fuisteis hasta donde él quiso, de su mano, con el mal de amores, solo amparada por vuestros dos hijos, bastardos de la nada, forzados como vos por una suerte que no buscamos, atrevida hasta las entrañas. Habéis vivido con estremecimiento y habéis escapado a él cuando la fortuna os dejaba una rendija para mirar la libertad.

Mi padre jamás llegó a leer algo de Séneca, aunque decía que estudiaba a Aristóteles y, según vos, alguna vez os leyó párrafos salteados del Arcipreste de Hita. Habéis mostrado amor hacia mi padre; te entregaste a él como si fuera esposo vuestro. Pero sus atrevimientos fueron yerro y sus pasiones, donaires que martirizaban. Con tanta insistencia de mi padre, os cuento que leí a Séneca, entre escaramuzas y noches de sosiego en estas tierras de albricias y fracasos. Os resumo, madre, vuestra historia: «No solo nos inquieta el golpe sino también el sonido».

Una vez mi padre os dijo: «Señora mía» y, con esas dos palabras misteriosas, os esposó y se rindió ante vuestro encantamiento. Ahora os digo: vuestra condición de sangre arremetió contra él, pero vos supiste exagerar su vida en suspensos que han sido respuestas a la disculpa del amor.

EPÍLOGO

El valor de la palabra se mide por el curso de su cumplimiento. La promesa del hermano mayor, del primogénito, señaladísima por su padre, se acomodó a circunstancias y vaivenes, más allá de los reveses y la tiranía del destino. El trato de Enrique de Guzmán, segundo duque de Medina Sidonia, no es el que el rico suele dar al pobre, sino el que pobre sabe dar al rico: humildad pensativa y llana consideración. El trato no es el que el superior suele dar al inferior, sino el que el inferior suele dar al superior: las dádivas provienen de su justeza, y el temple, de la estimación.

Celoso del cuidado de sus hermanos, Enrique de Guzmán ambicionó para ellos golpes que no rindieran ni fracasos que cansaran. Por eso tomó al pie de la letra las obligaciones impuestas por su padre Juan porque no se gana pidiendo por amor de Dios sino por amor a sí mismo. Enrique llevaba adentro la llave de sus promesas, que le recordaban siempre las de Gibraltar que su padre llevaba en su escudo: abrir las puertas por muy cerradas que parecieran. Les enseñaba que solo en la adversidad la virtud es dicha y que la grandeza de un linaje, nacido de la fortaleza y el empeño, solo claudica cuando la memoria ignora sus dolorosos trances, sus estremecedores partos y sus peligros mezquinos.

Enrique no desamparó en vida a sus diez hermanos, todos bastardos, menos Alfonso, legitimado como él en el lecho de muerte por su padre. De vivir y de morir se encargó él. Solo la obra es buena si buena es la razón.

Deseoso de casar a su hermano Juan Urraco con mujer principal, Enrique tuvo varias charlas con Alonso de Cárdenas, nacido en Ocaña, futuro maestre de la Orden de Santiago y uno de los hombres más poderosos de la época. Acordó con él el matrimonio de Juan Urraco con su hija Leonor. La alianza urdida por Enrique buscaba, además, acercarse a la Orden de Santiago, donde Cárdenas ejercía enorme influencia, y buscar acuerdos de tierras en el futuro.

Alonso de Cárdenas era hijo de García López de Cárdenas, comendador mayor de León, y de doña María García Osorio. Antes de convertirse en maestre, obtuvo las encomiendas de Villoria y de Villanueva de Alcaraz y la encomienda mayor de León.

La boda, a la que asistió su madre Urraca, fue grandiosa, celebrada en Sevilla en 1487, con cientos de invitados venidos de todo el reino. En las capitulaciones matrimoniales, Enrique, que obró como si fuera su padre, entregó dos millones de maravedíes al contado y cien mil al año para el mantenimiento de la casa. Juan Urraco dio a Leonor en arras mil florines de oro, regalados por su madre. Además, por compromiso de la propia Urraca, habría una mejora en el tercio de Juan Urraco en su testamento. Cárdenas dotó a Leonor con un millón quinientos mil maravedíes y quinientos mil más en ajuar y una renta por cien mil maravedíes para el mantenimiento del hogar. Números que eran entonces un importante arsenal de recursos. De esta manera, Enrique, que le profesaba enorme cariño a su hermano Juan Urraco, saldaba con él y con su madre la deuda moral de su padre.

Juan Urraco agradecía el buen trato que Enrique le daba a doña Urraca, como él mismo la llamaba. Solía invitarla a fiestas y agasajos y buscaba proporcionarle las alegrías que su padre le había negado. Facilitó un encuentro de ella con su madre, Isabel de Meneses, en el que ambas se estremecieron al verse cara a cara. No cruzaron palabra alguna y cada una giró sobre sí misma para deshacer el encuentro.

Urraca de Guzmán y Suárez de Figueroa falleció diez años más tarde en Sevilla, después de cuarenta y siete días y noches bajo intratables alucinaciones. Enrique, Juan Urraco y Lorenzo estuvieron presentes la mañana de su fallecimiento. Del espaldar de su cama colgaban unas espuelas y en la mesilla, bajo la palmatoria, reposaba un libro de Séneca, abierto en una página donde leímos: «Uno se sigue a sí mismo, y así mismo se empuja como el más molesto compañero de viaje». Isabel de Meneses le sobrevivió dos años. Sufrió terribles dolores en el cuerpo. Recibió los ungüentos más preciados del reino. Dicen en Sevilla que primero murió ella y varios días después su sombra.

El matrimonio de Urraco con Leonor de Cárdenas fue de buen hacer y Enrique decidió entonces concertar matrimonio con Alonso para otra de sus hijas. Urdió la boda de su otro hermano medio, Pedro el de El Lunar, hijo de Beatriz, tan guerrero como ella, con otra hija de Alonso de Cárdenas. Solía acompañarlo en las batallas y sabía quitar la vida cuando los demás temían. En 1473 fallecieron dos hermanos suyos cuando combatían contra el marqués de Cádiz, Rodrigo Ponce de León, en el intento de tomarse Alcalá de Guadaira. La rivalidad entre los Guzmanes y los Ponce de León no cesaba después de tantos años de confrontación y odios mutuos. La pérdida de sus hermanastros martirizó al duque durante el resto de su vida.

En una ocasión, Alonso de Cárdenas, acompañado por su yerno Juan Urraco, entró al reino de Portugal y robó ganado, en un acto contra el rey Alonso de Portugal, enemigo de los reyes Isabel y Fernando, a quienes ellos apoyaban.

Las rivalidades entre Alfonso de Portugal e Isabel y Fernando tuvieron su origen en el malestar causado en Portugal porque Juana la Beltraneja, sobrina de Isabel, que había casado con el rey portugués, fue apartada del soñado acceso al trono de Castilla, que culminó en Isabel, proclamada heredera en 1476. Los portugueses iniciaron un conflicto, que obligó a los seguidores de Isabel y Fernando a plantar batalla. Lograron arrebatarle a Ceuta, recién tomada por el segundo duque de Medina Sidonia, y a sus propias huestes, seguidoras de Isabel. Por ello, su hermano Juan Urraco y su suegro Alonso de Cárdenas, embravecidos, realizaron cabalgadas sobre Portugal y robaron ganado a sus moradores.

Con los matrimonios de Juan Urraco y Pedro de Guzmán, Alonso de Cárdenas le pidió a Enrique, su hermano, que lo apoyara en su pretensión de convertirse en maestre de Santiago, tras la muerte del electo Rodrigo de Manrique, conde de Paredes. La lista de aspirantes parecía un juego de cartas entre los más notables nobles del reino de Castilla: Rodrigo Alfonso de Pimentel, conde de Benavente; Diego Hurtado de Mendoza, marqués de Santillana; Gabriel Manrique, conde de Osorno; Beltrán de Cueva, duque de Alburquerque; Diego López Pacheco, marqués de Villena; García Álvarez de Toledo, duque de Alba; y, cómo no, el duque de Medina Sidonia. Pero ni Cárdenas ni su yerno Urraco conocían la pretensión de Enrique de Guzmán. Cárdenas era el candidato con mayor respaldo entre los caballeros de la Orden. La reina Isabel, sin embargo, dubitativa y sabedora del interés semejante de Enrique de Guzmán, buscó una solución real. La reina le concedió a su marido el rey Fernando la administración del maestrazgo por seis años.

Enrique, agraviado, quiso perturbar la paz en tierras del maestrazgo y dio órdenes a su hermano medio Álvaro para que en algaradas hostilizara el lugar, aunque solo fuese por causar molestias. Hubo saqueos y Alonso de Cárdenas se enteró de que el responsable era Álvaro de Guzmán, pero prefirió obrar prudentemente para no enfrentarse con su hermano Enrique, hermano de sus yernos. Mientras tanto, para conveniencia de los Guzmanes y el buen estar de su otro medio hermano, logró casar al propio Álvaro con Isabel Suárez de Figueroa, hija del conde de Feria, con quien empezaba a consolidar alianzas territoriales. El matrimonio le permitió al conde de Feria, llamado también Lorenzo Suárez de Figueroa, sobrino del viejo Lorenzo Suárez de Figueroa e hijo de Gómez Suárez de Figueroa, pedirle al segundo duque de Medina Sidonia que lo apoyara para que su amigo Diego de Alvarado se convirtiera en maestre de Santiago, cargo que luego le cedería al duque, a cambio de que este le entregara ciertos pueblos del maestrazgo. Los tratos no cesaban.

Alonso de Cárdenas se enteró de la confabulación, mientras los hombres del conde de Feria y del duque fueron a Zafra y a Los Santos con el propósito de tomarse las villas extremeñas. Enrique de Guzmán, en persona, se aposentó en Guadalcanal. Muchos de sus hombres cayeron abatidos por seguidores de Alonso de Cárdenas, pero este se negó a enfrentarlo personalmente, pues, como se dijo, sus hijas estaban casadas con hermanos del duque en alianza impulsada por ambos. Optó por guardar respeto a quien llamaba Su Señor.

En el episodio, Juan Urraco, en contra de Cárdenas, fue partidario de su hermano Enrique, lo que lo alejó temporalmente de su suegro, pero luego volverían las aguas a su cauce. En noviembre de 1477, el maestrazgo regresó a los caballeros y, con la aprobación de los reyes, lo entregaron a Alonso de Cárdenas. Enrique de Guzmán no tuvo más remedio que hacer las paces definitivas con el nuevo maestre, al tiempo que se destruían las aspiraciones suyas como maestre. Un traspiés de los Guzmanes.

Los nuevos reyes Isabel y Fernando le confirmaron a Enrique el privilegio sobre Gibraltar y lo llamaron el «Duque-conde». El entendimiento era el que el propio Enrique y los Guzmanes habían despertado por su lealtad histórica a la Corona. El juicio se imponía. Pero, de repente, en 1477, le ordenaron al duque salir de Sevilla supuestamente por deslealtad. Se trataba de una difamación promovida por sus enemigos. La reina Isabel había sido agasajada por Enrique, al ser el duque la persona más poderosa de Sevilla, cuando ella entró en la ciudad. Días después de que hubiese llegado el rey Fernando, el cielo sevillano se desordenó. El marqués de Cádiz, Rodrigo Ponce de León, que se había negado a hacer reverencia como súbdito a la reina desde su llegada, fue una noche al Alcázar real de Sevilla donde dijo tenerle miedo a Enrique de Guzmán, y lo acusó de atizar los ánimos de los moradores contra los reyes por sus licencias sobre cereales y de ponerse en contra de la entrega de recursos ordenada por la reina para sostener un contingente de hombres a caballo para combatir en Badajoz.

El duque de Medina Sidonia, con fuerte temperamento, acusó a Ponce de León de levantar falsas acusaciones contra él. Alegaba que el marqués de Cádiz había sido antisabelino y pasivo ante los sucesos y ahora los reyes creían en su palabra y, por temor, mostraba la sumisión que jamás había enseñado, además de recordar que los Ponce de León no aceptaban la preeminencia social y económica de los Guzmanes porque jamás tuvieron en su linaje un Guzmán el Bueno. Agraviado, y aunque luego fue levantada la prohibición de permanecer en Sevilla, decidió no volver jamás a Sevilla y se refugió en Sanlúcar. Allí continuó la conversión del antiguo alcázar en un cómodo y deslumbrante palacio, que fue llamado por los habitantes el palacio de los Guzmanes. Pronto se convirtió en el centro de la vida sanluqueña. Al caer la tarde, Enrique miraba desde el barrio alto el Guadalquivir, con una manzanilla en la mano. Era la bebida a la que él y su padre llamaba «un sanluqueño». La casa de Guzmán era dueña y señora de todo el espacio entre el Guadalquivir y el Guadalete y entre el mar y las tierras realengas de Jerez de la Frontera, un largo fragmento de territorio casi continuo desde la frontera con Portugal hasta cerca de la villa de Gibraltar. Enrique pensaba en una extensión que le cegaba la vista porque no alcanzaba a repasar lentamente los cuarenta mil habitantes que dependían de él, ni el monte, ni el baldío, ni la marisma, cambalaches y trueques, que sumaban el mayor poder territorial visto desde cualquier rincón de Castilla.

Consolidadas las paces entre Enrique de Guzmán y Alonso de Cárdenas, maestre de Santiago, por intermediación del yerno y hermano medio de Enrique, Juan Urraco, ambos participaron en 1484 en las tomas de pueblos en el territorio de Granada. Al año siguiente, tras el asalto de Ronda, Enrique y Alonso de Cárdenas, durante la fiesta del Corpus Cristi en esa ciudad, llevaron las varas sobre el Santo Sacramento, junto con el rey Fernando.

Luego de la conquista de Málaga, en 1487, donde Enrique de Guzmán participó con su hijo Juan, futuro duque de Medina Sidonia, él y su mujer, Leonor de Mendoza, recibieron en Sanlúcar del reparto del rey doce moras doncellas y treinta moros. A su vez, él entregó varias doncellas a sus hermanos medios, entre ellos una buena parte a Juan Urraco. Por entonces Juan, el hijo de la *niña de Niebla*, se convirtió en Mayordomo Mayor de la casa de Guzmán.

En 1488 Juan de Guzmán, de 22 años, hijo del segundo duque de Medina Sidonia, contrajo matrimonio con Isabel de Velasco, hija de Pero Fernández de Velasco, condestable de Castilla y conde de Haro. A la boda de su sobrino asistieron Juan Urraco y Leonor, su mujer, y varios de sus hijos. Y aunque Enrique había dicho que jamás volvería a pisar Sevilla por la afrenta de los reyes Isabel y Fernando, acudió al casamiento de la infanta Isabel de Castilla, hija de Isabel y Fernando, con Alonso de Portugal, y celebró varias fiestas en su nombre.

El 20 de abril de 1491 partieron de Alcalá la Real el Rey, grandes y caballeros, Enrique, su hijo Juan de Guzmán, y algunos de sus hermanos, entre ellos Juan Urraco y Álvaro, con el propósito de cercar a Granada. En el cerco, estuvieron además el maestre de Santiago, Alonso Cárdenas, suegro de Juan Urraco; el marqués de Cádiz; Alonso de Aguilar; el conde de Cabra y todos los otros señores de Andalucía. El rey y la reina ordenaron la construcción de una villa, que se llamó Santa Fe, donde se asentaron, mientras se desarrollaban las operaciones.

Nueve meses después, Granada estaba completamente rodeada. En la Alhambra permanecía su rey, Ali Muley Boabdeli, llamado el rey Chiquito, el último emir de Granada. Asediada y con moros que fallecían cada día de hambre, decidieron entregar la villa. Boabdeli avisó al rey y a la reina que fueran a recibir las posesiones. El rey, la reina, el príncipe, la infanta, el maestre de Santiago, el marque de Cádiz, entre otros señores, Enrique de Guzmán y algunos de sus hermanos fueron a la ciudad amurallada. El 2 de enero de 1492 el rey moro dio las llaves al rey, y el rey a la reina, y la reina al príncipe y el príncipe a Iñigo López de Mendoza, conde de Tendilla. Este, junto a al duque de Escalona, el marqués de Villena y otros señores, con cinco mil hombres bajo sus mandos, entraron y se apoderaron de la Alhambra. Con posterioridad, el rey y la reina dieron al rey Chiquito el valle de Purchena y sus rentas.

Enrique de Guzmán, sus medios hermanos y su hijo Juan, después de haber ayudado a ganar Granada, regresaron a Sevilla y a Sanlúcar. El 25 de agosto falleció Enrique de Guzmán, segundo duque de Medina Sidonia y cuarto conde de Niebla, en Sanlúcar, donde era su séptimo señor. Turbado, Juan Urraco fue desde Sevilla a Sanlúcar y lo lloró amargamente, mientras observaba el color bermejo del río. Él y su hermano Lorenzo, que llegó desde Jerez, acompañaron el cadáver de su hermano hasta el monasterio de San Isidoro del Campo, en Sevilla La Vieja, donde fue enterrado junto a sus mayores. Durante el entierro, Juan Urraco recordó la letra de la divisa de su hermano fallecido: «Las cosas más peligrosas conmigo aseguran su peligro». Le pareció que resumía la biografía de su familia desde Alonso Pérez de Guzmán, Guzmán el Bueno. Miró hacia el firmamento y vio cómo las nubes tomaban la forma de dos hachas enormes, como la que dibujaban la divisa de su hermano, aquel mismo que le había segado un lugar en la historia por decisión de destino o por decisión de su padre, convertido en destino.

NOTA INAUDITA DEL AUTOR

El mito seductor de Don Juan en la literatura española tiene su origen en *El burlador de Sevilla*, comedia cuya autoría se le atribuye a Tirso de Molina, seudónimo del fraile mercedario Gabriel Téllez. También, y cada vez más, se le asigna la creación al dramaturgo Andrés de Claramonte y Corroy. Al parecer, gracias a experimentos actuales con la inteligencia artificial, el verdadero autor de esa obra habría sido Claramonte. Pero el debate continúa.

Un dato fidedigno indica que fue publicada en 1630. Algunas voces sostienen que fue puesta en escena mucho antes de esta fecha y se atribuye su escritura al periodo comprendido entre 1612 y 1625. Si el autor es Tirso de Molina, no debería extrañar que la comedia fuese escrita cuando el fraile estuvo en Sevilla, desterrado por recomendación de la Junta Reformadora en 1625, creada por Gaspar de Guzmán y Pimentel, conde duque de Olivares, cuyo cuarto abuelo fue Juan de Guzmán y Suárez de Figueroa, primer duque de Medina Sidonia.

El destierro se llevó a cabo por el «escándalo que causa un fraile mercedario, que se llama el Maestro Téllez, por otro nombre Tirso, con comedias que hace profanas y de malos incentivos y ejemplos. Y por ser caso notorio se acordó que se consulte a S. M. mande que el Padre Confesor diga al Nuncio le eche de aquí a uno de los monasterios más remotos de su Religión y le imponga excomunión mayor *latae sententiae* para que no haga comedias ni otro ningún género de versos profanos. Y esto se haga luego».

Si la comedia fue escrita en Sevilla en el Convento de la Merced por el desterrado Tirso de Molina, ¿no sería don Juan de Guzmán el inspirador de don Juan Tenorio? La vida sexual de Guzmán era harto conocida en Andalucía y, por supuesto, en la capital hispalense donde él vivió y ostentó un inmenso poder político, además de haber puesto a prueba, con éxito, sus reconocidas pasiones carnales. ¿El burlador de Sevilla no habría sido entonces don Juan de Guzmán? ¿No sería una venganza de Tirso de Molina contra el artífice de su destierro, Gaspar de Guzmán, conde duque de Olivares, descendiente de don Juan, primer duque de Medina Sidonia?

Vamos a suponer que el autor de la comedia no fue Tirso de Molina, sino Andrés de Claramonte y Corroy, quien también estuvo en Sevilla cuando entró a trabajar con la compañía del empresario teatral Antonio Granados. Aunque habían pasado más de cien años, la imagen de don Juan de Guzmán aún pervivía en Sevilla durante el Siglo de Oro, y de su trayectoria sexual ya daban cuenta muchas personas. ¿No fueron los Tenorio, los malos del paseo dramaturgo, inspirados en los Guzmán?

Se tiene como precedente de *El Burlador de Sevilla* la obra conocida como *Tan largo me lo fiais*, supuestamente escrita por

Andrés de Claramonte y representada en Córdoba en 1617 por la compañía de Jerónimo Sánchez. Lo más probable, sin embargo, es que *El burlador de Sevilla*, tal y como se publicó en 1630, hubiese sido escrita tiempo después de *Tan largo me lo fiais*, pues hay quienes incluso remontan su escritura a 1612.

Don Juan, protagonista de *El duque de Medina Sidonia y su prima amante*, podría ser don Juan Tenorio. Nunca se sabrá, pero es una hipótesis posible, como tantas otras que andan por ahí. Es que Andalucía ha sido espacio de la fogosidad de miles y miles de donjuanes, inspiradores de cuentos, anécdotas e historias.

Vaya usted a saber.

ÍNDICE

PRIMERA PARTE

¿QUIÉN ES ESTA GENTE? 11

SEGUNDA PARTE

Sevilla 33
Medina Sidonia. 43
Vejer de la Frontera 49
Sevilla 56
Sanlúcar de Barrameda 60
Medina Sidonia. 64
Sevilla 67
Niebla 70
Sanlúcar de Barrameda 73
Huelva 76
Sevilla 79
Sanlúcar de Barrameda 82
Vejer de la Frontera 87

Sanlúcar de Barrameda 90
Vejer de la Frontera 94
Sanlúcar de Barrameda 103
Sevilla 107
Medina Sidonia. 112
Gibraltar 116
Tarifa. 119
Sevilla 122
Sanlúcar de Barrameda 125
Sevilla 128

ÉPILOGO 137

NOTA INAUDITA DEL AUTOR 147

El duque de Medina Sidonia
y su prima amante
de Mario Jaramillo
se terminó de imprimir
el 7 de octubre de
2 0 2 5